Fast Love

Dangereuse séduction

Aloïsia Dehedin

Fast Love : Dangereuse Séduction

Roman

Plumes de Marmotte
Éditions

Éditeur : Plumes de Marmotte
30 rue du Premier Septembre, 76340 Guerville, France

Première impression : Novembre 2021, Norderstedt, Allemagne
ISBN : 978-2-491619-26-8
Dépôt légal : Novembre 2021
www.plumesdemarmotte.com

À mes étoiles,
qu'elles puissent
briller éternellement.

1

Elle réprima un frisson tandis qu'une bourrasque faisait voltiger les premières feuilles mortes à travers les allées gravillonnées du cimetière. Ajustant le col de son trench-coat autour de sa gorge, elle observait la foule réunie pour rendre un dernier hommage à sa tante. Elle n'aurait jamais pensé qu'ils seraient si nombreux à faire le déplacement. Cela faisait des années que l'octogénaire ne sortait plus de chez elle. Néanmoins, tous avaient sacrifié quelques heures dans leur emploi du temps. Alix y compris.

Après les instants de recueillement autour du caveau familial et les dernières larmes écrasées, des petits groupes se formèrent. Débuta alors l'interrogatoire avec des salves de : « qu'est-ce que tu deviens ? », « ça fait longtemps qu'on ne t'a pas vu ici ! », « tu restes quelques jours ? ».

Pour beaucoup, sa venue aux obsèques de tante Zulma faisait office d'événement. Il fallait dire qu'elle n'avait pas remis les pieds à Guerville depuis le décès de son père. Cela ferait bientôt six ans. Alix avait vingt-quatre ans à l'époque. Elle allait terminer ses études de droit, mais il avait suffi d'une adversité pour remettre en cause tous les plans qu'elle avait dessinés. Elle avait alors tout quitté pour partir à Paris. Changement radical pour une campagnarde comme elle.

Un cousin éloigné lui proposa d'accompagner la famille

qui allait se réunir autour d'un café en souvenir de la défunte. Ultime étape avant l'éparpillement de ses membres jusqu'au prochain deuil. Il fallait dire qu'ils n'avaient jamais été très proches. Elle déclina gentiment, prétextant qu'elle souhaitait revoir sa maison avant de reprendre la route. Elle comprenait bien à la façon qu'avait Jean-Pierre de froncer les sourcils qu'il n'était en rien crédule. Qu'importait ! Elle le salua poliment et se dirigea vers la barrière.

— Alix ! l'arrêta une voix féminine.

Elle hésita entre faire semblant de ne pas l'entendre et la bienséance. Finalement, elle se retourna, les épaules basses. Une petite brune un peu boulotte vint à sa rencontre. Malgré les circonstances, elle arborait un sourire enjoué.

— Je savais bien que c'était toi, déclara-t-elle en lui faisant la bise.

— Julie ! Quelle surprise ! Je ne m'attendais pas à te trouver ici. Tu connaissais la défunte ?

— Pas vraiment, mais mes parents n'ont pas pu se déplacer à l'enterrement. Je suis là par procuration. En fait, j'ai bien fait, je n'aurai pas eu le plaisir de te voir sinon !

Julie avait l'air ravie. À une époque, Alix aurait sauté de joie de retrouver une amie d'enfance, mais elle avait laissé cette partie de sa vie derrière elle en quittant la région. Par ailleurs, son métier ne lui donnait guère l'occasion de maintenir des relations sur la durée.

— Tu restes combien de temps ? la questionna-t-elle.

Alix regarda autour d'elle rapidement. Jean-Pierre était occupé à discuter avec de lointaines connaissances.

— Je repars samedi. Quelques affaires à régler, s'empressa-t-elle de préciser.

— Oh ! Eh bien, si tu es libre demain soir, on pourrait aller boire un verre, histoire de se remémorer le bon vieux temps. Qu'en dis-tu ?

Deux possibilités s'offraient à Alix : décliner poliment l'invitation quitte à vexer sa vieille amie et passer une soirée en solitaire dans la maison qui l'avait vue grandir, entourée par les souvenirs qu'elle essayait de refouler depuis toutes ces années, ou accepter la proposition.

— OK, finit-elle par répondre, faisant naître une fossette sur le menton de Julie. Où ça ?

— Tu te rappelles l'Abri Côtier au Tréport ?

— Il existe toujours !!

— Et oui ! Il s'est même étendu. On se donne rendez-vous là-bas à 19 h.

Julie n'attendit pas de réaction. Sa bise claqua contre la joue d'Alix alors qu'elle la quittait pour retourner travailler.

D'autres personnes passèrent près d'elle en bavardant. L'entourage de la défunte avait organisé un brunch au café du village. La jeune femme se dépêcha de rejoindre sa voiture pour éviter de se faire une nouvelle fois alpaguer par un lointain cousin. Elle les entendait déjà dire qu'elle avait pris la grosse tête. Sa cousine Valérie, la seule dont elle avait été proche auparavant, relativiserait. Elle expliquerait que ses années passées à Paris avaient corrompu son caractère. Si elle savait !

Depuis ces six dernières années, la vie d'Alix se résumait en une multitude d'allers-retours aux quatre coins de la France et même au-delà. Une existence d'itinérance, voilà ce qu'elle avait choisi. Peut-être qu'elle aurait envie de se poser un peu plus tard, mais pour l'instant elle n'en avait aucunement besoin. Pas de monotonie, comme cela. Sa vie lui convenait.

Sur le parking jouxtant le cimetière, Alix se dirigea vers sa petite Fiat 500. Un groupe de personnes âgées s'était posté juste derrière. Ils ne la voyaient pas arriver tant ils étaient occupés à discuter. Elle actionna le déverrouillage à distance dans l'espoir de les faire bouger. En vain. Une fois glissée derrière le volant, elle mit le contact, passa la marche arrière et appuya sur l'avertisseur sonore. Un coup d'œil dans le rétroviseur lui confirma qu'ils n'avaient pas apprécié. Peu importait, ils lui avaient laissé le champ libre. Après une brève manœuvre, elle enclencha la première et se dirigea vers son ancienne vie.

2

Alix stationna devant la maison avec un pincement au cœur. Un flot de souvenirs lui revint en mémoire.

***

— Papa, papa ! Attends, c'est moi qui ouvre.

— Tu n'es pas assez grande, ma chérie.

— J'ai huit ans, je vais y arriver.

Elle se hissa sur la pointe des pieds pour atteindre le haut du portail. Son père y avait installé un loquet lorsqu'elle était en âge de faire ses premiers pas ; simple sécurité pour qu'elle ne puisse pas ouvrir le vantail et errer sur la route. Ils habitaient dans une petite rue du village, les rares voitures qui y circulaient étaient un danger potentiel d'après lui. Il avait déjà perdu sa femme — la mère d'Alix — alors il veillait sur la petite comme sur la prunelle de ses yeux. La fillette poussa sur ses jambes, ses doigts atteignirent tout juste le loquet qui lui résistait. Encore un effort ; elle tira la langue. Voilà, elle y était, la tirette recula.

— Regarde papa ! J'ai réussi ! déclara-t-elle fièrement.

— Oui ma chérie, tu es une grande fille maintenant, répondit-il, une pointe d'émotion dans la voix.

***

Alix déverrouilla la porte d'entrée avec appréhension. Fort heureusement, madame Diaz, la voisine depuis aussi longtemps qu'elle se le rappelait, s'occupait régulièrement de faire un brin de ménage dans la maison. Aussi, lorsqu'elle l'avait prévenue avant-hier de son arrivée pour deux jours, madame Diaz s'était empressée d'ôter les draps qui recouvraient d'ordinaire les meubles.

Dans la cuisine, Alix abandonna sur la petite table en bois le sac de courses qu'elle avait apporté. Le strict nécessaire : une brique de soupe, du jambon, des biscottes et du beurre pour son petit-déjeuner, quelques fruits. Elle ouvrit le réfrigérateur pour y enfourner les produits frais. Madame Diaz avait anticipé son arrivée et y avait déposé des yaourts, de la charcuterie et une salade. Sur le plan de travail, elle avait également laissé un sachet de pain coupé et une part de tarte aux pommes dans une boîte de conservation. Il faudrait qu'elle passe la remercier, pensa-t-elle.

Elle fit le tour de la maison. Rien n'avait changé. Sur les étagères du salon, les cadres étaient toujours alignés devant les livres de son père. Des photos de famille, ses grands-parents, sa mère qu'elle n'avait pas connus et dont elle imaginait la vie lorsqu'elle était petite. Son père en parlait très peu, son plus grand malheur étant en lien avec sa naissance. Sa mère était morte en couches.

Elle détourna le regard. Sur la table basse, madame Diaz avait déposé une pile de journaux locaux. À tous les coups, la vieille dame se disait que la jeune femme souhaiterait rattraper le temps perdu en lisant les potins de la région. Au mieux, cela lui permettrait d'allumer un bon feu dans la cheminée.

Son idée fut confirmée lorsqu'elle découvrit du petit bois et quelques bûches qui l'attendaient déjà dans l'âtre.

À l'étage, elle n'osa pas pénétrer dans la chambre de son père qu'elle savait désespérément vide. Elle regarda la porte tapissée d'un papier peint à grosses fleurs violettes. Son père n'avait jamais refait la décoration, car c'était sa mère qui avait choisi les motifs. Nouveau pincement au cœur. Il ne faudrait pas qu'elle s'éternise en ces lieux. Ce n'était pas bon pour la concentration et elle avait besoin d'avoir l'esprit clair dans son métier.

Elle se dirigea enfin vers sa chambre. ALIX. Son prénom était écrit en lettres roses sur la porte. La peinture s'écaillait légèrement. Du doigt, elle effleura les lignes tremblantes. Elle revoyait son père tenant le petit escabeau d'une main tandis qu'elle remplissait le pochoir qu'il maintenait de l'autre.

***

— Attention à ne pas déborder ma chérie.

— Mais non papa, je vais y arriver, avait-elle répondu avec enthousiasme.

Elle s'était hissée sur la pointe des pieds pour remplir le point au-dessus du i lorsqu'elle avait dérapé sur la marche de l'escabeau. Elle en avait lâché le pinceau qui avait laissé une petite traînée colorée au-dessous de son prénom. Son père, lui, l'avait rattrapée de ses bras puissants, habitués à couper et empiler le bois pour l'hiver.

***

Alix secoua la tête et pénétra dans sa chambre le temps de jeter son sac de voyage sur le lit. Madame Diaz avait même sorti des draps du placard. Elle redescendit vers la cuisine et se prépara un sandwich avant de s'installer dans le fauteuil en cuir de son père. Elle consulta rapidement la une des journaux. Apparemment, la région avait subi dernièrement un nombre croissant de vols de véhicules. Elle déplia le quotidien pour en parcourir l'article titré : « Quelle solution pour lutter contre la délinquance ? ».

La campagne n'est plus épargnée, pensa-t-elle. D'après le journaliste, la plupart des attaques étaient perpétrées par home-jacking. Les bandits pénétraient chez leurs victimes pendant la nuit et subtilisaient clés de voiture et de garage. « Ce sont les sportives les plus recherchées : Porsche, Audi, BMW… », citait le chroniqueur. Selon la gendarmerie en charge de l'enquête, ces automobiles étaient ensuite utilisées dans le cadre de *go fast*, une technique adoptée par des trafiquants pour faire entrer de la drogue ou des marchandises de contrebande dans le pays. Pour cela, les criminels avaient besoin de voitures rapides pour passer les péages à vive allure sans se faire attraper par les douanes, expliquait l'article.

Des vols de bolides, ici ! On aura tout vu, mais après tout, la frontière belge n'est pas si loin : à peine deux heures de route en respectant les limitations.

Alix reposa le journal et saisit son téléphone. La qualité du réseau ne s'était vraiment pas améliorée depuis toutes ces années. Son patron avait tenté de la joindre. Elle composa le numéro de la messagerie vocale.

— Bonjour, Alix, je sais que le moment est mal choisi, mais je vais avoir besoin de toi pour une nouvelle mission.

Tu embarques dimanche matin pour Monaco. D'après notre indic, Marcus et sa bande ont prévu de débarquer sur le rocher mercredi prochain. Ça te laissera le temps de rejoindre Willem sur place. En attendant, profite du week-end pour te détendre. Et… je te présente mes sincères condoléances.

Elle reposa le téléphone sur ses genoux. Le commandant Hill n'avait jamais été très doué pour le tact. Mais cela n'enlevait rien à ses qualités de meneur d'hommes. Après tout, il l'avait lui-même recrutée, après ses classes, pour intégrer son unité de renseignements. Leur spécialité : le grand banditisme. Son rôle dans tout ça : la surveillance et l'analyse de données, même si parfois elle aurait aimé un peu plus d'action.

Ce nouveau dossier la laissait perplexe. Après une traque à travers l'Europe, Marcus et sa bande avaient totalement disparu de la circulation. Pourquoi diable réapparaissait-il aujourd'hui ? Cela ne présageait rien de bon. Elle hésita à appeler Willem pour qu'il la briefe avant son arrivée, mais elle se connaissait. Dès lors qu'elle serait au courant, elle voudrait commencer à enquêter. Avant cela, elle avait encore une chose importante à faire ici.

3

Le lendemain matin

Lorsque le réveil de son téléphone se mit à sonner, Alix hésita entre enfouir sa tête sous l'oreiller et balancer l'appareil à l'autre bout de la pièce. Elle avait horriblement mal dormi. Trop de souvenirs hantaient cette maison. Elle avait lutté pour s'endormir, repoussant chaque pensée qui s'insinuait dans son esprit. Vers une heure du matin, elle avait abdiqué. Elle avait saisi son téléphone portable et après avoir trouvé du réseau près de la fenêtre, elle avait pu surfer sur Internet pendant une bonne heure.

À quoi cela avait-il servi ? À se miner le moral un peu plus. Naviguant sur les réseaux sociaux, elle avait découvert que son ex petit-ami avait refait sa vie avec une jolie blonde qui devait avoir dix ans de moins que lui. Pour finir, elle avait fureté sur le profil de Julie. Il n'y avait pas grand-chose à en dire. D'après ses rares publications, elle était mariée et maman d'un garçon qu'elle surnommait son petit bouchon. Sa photo de profil avait été retouchée à l'aide d'un filtre qui auréolait son visage de petits cœurs roses.

Quelle mièvrerie ! À quoi bon changer ton apparence ? pensa-t-elle. *Les gens qui te connaissent savent très bien que tu détestes qu'on te parle le matin tant que tu n'as pas bu ton premier café, que tes magnifiques cheveux bien lisses et brillants ne le sont que grâce à de merveilleux subterfuges et que, de ta couleur d'origine il ne subsiste presque rien.*

Mais voilà, elle s'égarait ! À trente ans, elle était déjà pleine de ressentiments. Pourquoi ? Parce qu'elle n'avait pas fait comme tout le monde ? À trente ans, elle était célibataire, sans enfant. Oh ! Elle ne s'en plaignait pas d'ordinaire. Pourquoi fallait-il donc que ça la tracasse maintenant ? Est-ce parce qu'elle était de retour chez elle ? Qu'elle avait quitté la région comme une fugitive en laissant derrière le peu de famille qu'il lui restait, ses amies et Nicolas, son fiancé ?

Bien sûr que c'était lié !

Repoussant les couvertures sous lesquelles elle avait fini par se pelotonner, elle quitta son lit et descendit à la cuisine. La pluie avait recommencé à tomber depuis plusieurs heures. Elle observa les flaques qui se formaient sur la rue tandis que sa tasse chauffait dans le micro-ondes.

Plus tard, elle délaissa la fin de cet infâme café soluble pour chercher dans son sac à main l'adresse de l'agence Sheridan & Cie avant de regarder l'heure sur la montre imitation d'une grande marque qu'elle avait ramenée de son dernier voyage à Barcelone.

— Merde ! Je vais être à la bourre ! lança-t-elle en se précipitant dans la salle de bains.

***

Lorsqu'Alix franchit la porte de l'agence, une grande brune longiligne l'accueillit avec un sourire figé.

— Désolée, je suis un peu en retard, déclara Alix en serrant la main parfaitement manucurée qu'on lui tendait.

— Ne vous inquiétez pas, madame Sheridan est encore en rendez-vous. Son dernier client aussi était en retard, lança la secrétaire en la regardant de haut.

Merde ! Elle me juge en plus ! s'insurgea Alix intérieurement.

— Vous pouvez patienter ici, continua l'assistante en désignant un ensemble de deux petits fauteuils relégués dans un coin du hall d'accueil.

Alix prit place et déposa sur ses genoux le dossier que madame Sheridan lui avait transmis par email, il y avait des mois de cela. Elle regarda sa montre à plusieurs reprises. Elle fut subitement prise d'une angoisse, sa gorge se noua. Elle avait chaud, puis l'instant d'après elle resserrait les pans de sa veste. Même son ventre émit des gargouillis un peu trop sonores. Elle avait hâte d'en finir et la minute suivante elle rêvait de s'enfuir de l'agence. Elle fut à deux doigts de céder à cette pulsion quand son interlocutrice se posta devant elle.

— Madame Sheridan vous attend, lui dit-elle tandis qu'elle indiquait la direction du bureau.

— Madame Deslino ! Aude Sheridan. Je suis heureuse de vous rencontrer enfin en chair et en os.

La femme qui se trouvait devant Alix l'accueillit avec un sourire beaucoup plus chaleureux que sa secrétaire. Elle au moins ne semblait pas feindre ses sentiments, ou sinon elle était bonne comédienne. Alix la détailla de la tête aux pieds tandis qu'elle sortait le dossier dont la jeune femme tenait encore la copie entre ses mains. Aude Sheridan ne ressemblait pas au portrait présent sur le site Internet de l'agence. Du moins, ce dernier correspondait à une miss Sheridan d'un autre temps. Néanmoins, elle avait conservé cette lueur malicieuse dans le regard et semblait s'amuser de l'étonnement d'Alix même si elle n'en disait rien.

— Prenez place, je vous prie, renchérit-elle. Vous savez, vous avez bien fait de prendre le temps de la réflexion. Le marché repart. Je suis persuadée que nous trouverons très vite un acquéreur pour votre maison.

Les mots résonnèrent comme un couperet. N'avait-elle pas été trop vite en besogne ? Comme elle ne disait rien, Aude Sheridan y vit son assentiment et continua.

— Alors, d'après nos estimations, vous pouvez en demander quatre-vingt-dix mille euros net vendeur. Bien sûr, vous devrez régler les frais d'agence et l'acquéreur aura la charge des émoluments notariaux. Qu'en dîtes-vous ?

Quatre-vingt-dix mille euros, c'est une somme ! Mais est-ce que ça vaut les souvenirs que je laisserai là-bas ?

Madame Sheridan se racla la gorge tandis que le passé se rappelait à Alix.

— Hum, c'est d'accord, éluda la jeune femme. Où dois-je signer ?

L'agent immobilier lui tendit le mandat de vente qu'elle avait préalablement rempli.

— Vous avez raison de faire confiance à l'agence Sheridan & Compagnie. Vous ne serez pas déçue. Il faudrait que vous nous laissiez un double des clés pour que nous puissions effectuer les visites en votre absence.

— Je vous déposerai mon trousseau demain avant de repartir, dans ce cas, répondit Alix alors que Aude Sheridan l'entraînait déjà vers la sortie.

— Très bien ! À demain donc.

Lorsqu'elle remonta en voiture, Alix se sentit épuisée. Pire que si elle sortait d'une mission en infiltration. Elle se surprit même à avoir envie de boire un verre.

J'ai besoin de me changer les idées. Finalement, cette soirée avec Julie tombe plutôt bien…

4

Plus tard dans la soirée

Alix poussa la porte du café avec une pointe d'appréhension. Elle se frotta les mains sur les poches arrière de son jean pour en effacer la moiteur. Elle scruta la salle dans l'espoir de repérer rapidement son amie d'enfance.

En cette fin de semaine, le bistrot était bondé. Aux tables les plus proches de l'entrée, les regards s'étaient tournés vers elle, stoppant des conversations et augmentant son malaise.

De quoi ai-je peur ?

Elle n'eut pas le temps de chercher une réponse à sa question, car Julie lui faisait signe depuis les banquettes du fond.

Oh non ! Elle n'a pas osé ?

Et si ! Julie l'accueillit tout sourire.

— Hé ! Alix ! Regarde qui est là !

— Bonsoir Alix !

— Coucou ma belle !

La jeune femme ne sut quoi dire. Julie lui avait fait la surprise de réunir ses anciennes amies Déborah, Chloé et Anaïs. Après les embrassades durant lesquelles Alix sentit que Chloé restait un peu en retrait, les jeunes femmes s'installèrent et passèrent commande.

Alix apprit, tandis que le serveur déposait leurs consommations sur la table, que Déborah avait laissé tomber ses études de marketing au cours de l'année de sa licence pour travailler avec son petit-ami de l'époque, depuis devenu son mari et installé à son compte comme couvreur. Déborah s'occupait des relations commerciales et du secrétariat. À trente ans, elle avait conservé son charme d'adolescente. Ses pommettes saillantes rosissaient sous l'effet des premières gorgées d'alcool tandis qu'elle relatait sa vie de couple qui semblait si parfaite à l'écouter : un mari aimant et attentionné, un travail passionnant, des enfants modèles...

Anaïs souriait en écoutant l'étalage de toutes ces imperfections.

— Ouais, bah moi, commença-t-elle en sirotant son mojito framboise, ma vie n'a rien de si enviable. Tu te souviens de Christopher ?

Alix hocha la tête.

— Chris le beau gosse ? Ton petit-copain du lycée, qui pourrait l'oublier ? Vous vous faisiez bien remarquer à l'époque ! Surtout quand la surveillante vous a choppé en pleine action dans les toilettes.

Anaïs laissa échapper un grognement.

— Oui, bah écoute, après deux ans à jouer au chat et à la

souris, on a fini par se mettre en ménage. Contre l'avis de mes parents bien sûr. Tu sais que j'aimais bien les contredire.

Alix sourit. Effectivement, Anaïs était la fille la plus délurée du groupe. Et celle qui tentait toutes les expériences. Surtout capillaires ! Les filles se souvinrent du jour où elle était arrivée en cours avec les cheveux teints en violet. Les professeurs, déconcertés, l'avaient tour à tour regardée avec un mélange d'incompréhension, de stupeur et même de dégoût. Elles, elles y voyaient un acte d'affranchissement des convenances. Et ça leur plaisait.

— Eh bien, pour le coup, mes parents avaient raison. Ce mec n'était pas pour moi.

Alix leva un sourcil d'incrédulité.

— Sans entrer dans les détails, je l'ai trouvé au lit avec la voisine du dessus.

— Oh merde ! lâcha Alix. Désolée...

— T'inquiète ! J'ai pris le parti de m'amuser, moi aussi.

Toutes riaient de bon cœur en se remémorant les années lycée. Sauf Chloé qui restait étrangement silencieuse. Alix la trouvait distante alors qu'elles étaient plutôt proches par le passé.

Légèrement grisée par son cocktail, la jeune femme décida de crever l'abcès.

— Tu n'as pas l'air d'apprécier ma présence, lui glissa-t-elle alors qu'elles se rendaient aux sanitaires.

Chloé se crispa tandis que ses épaules se redressèrent.

Dans le mille !

— Tu étais mon amie, déclara-t-elle brutalement.

— C'est vrai…

— Alors pourquoi t'es-tu sauvée comme une voleuse ? Pourquoi est-ce que tu nous as abandonnés, nous tes amies, et Nicolas ?

— Tu sais ce que j'ai vécu à cette époque. Je ne me sentais pas capable de rester ici, c'était trop douloureux. J'aurai fini par péter les plombs.

— Alors tu as préféré fuir ?

— Oui.

— Je me suis inquiétée, nous nous sommes tous inquiétés. On a cru que… bref ! Tu as visiblement choisi de nous effacer de ta vie, alors n'espère pas que je vais faire semblant d'être heureuse ce soir.

— Pourquoi es-tu venue dans ce cas ?

La réponse d'Alix se fit plus cinglante qu'elle ne l'avait voulu, mais Chloé avait commencé les hostilités… même si elle n'avait pas tout à fait tort.

— Je suis venue pour vérifier que c'était bien toi, déclara-t-elle les joues rouges et les yeux brillants. J'imaginais… Je ne sais pas. Ce n'était peut-être pas une si bonne idée.

Chloé soupira.

— Je suis contente de voir que tu vas bien, finit-elle par dire avant de rebrousser chemin vers la table où les filles avaient cessé de discuter pour observer leur échange.

Alix la regarda prendre sa veste. Julie essaya de la retenir, mais Chloé secoua la tête avant de quitter le bar sans se retourner. Apparemment, leur amitié appartenait bien au passé, mais elle ne pouvait pas lui en vouloir, pensa Alix en pénétrant dans les sanitaires.

Devant le miroir, elle resta immobile pendant un instant tout en détaillant son reflet. Avait-elle eu raison de partir ? En tout cas, elle ne le regrettait pas. Peut-être aurait-elle dû être franche et leur annoncer son départ. Tout s'était passé si vite. L'accident. Le deuil. Sa fuite. À l'époque, elle n'était pas suffisamment forte psychologiquement pour leur opposer une fin de non-recevoir s'ils l'avaient suppliée de rester.

***

— Tout va bien ? demanda Julie lorsqu'Alix revint à table.

— Oui, ne vous inquiétez pas. Je comprends que Chloé soit furieuse contre moi. Vous devriez l'être, vous aussi.

Déborah secoua la tête.

— Si tu es partie, c'est que tu avais tes raisons. C'est sûr que nous t'en avons voulu, mais ça appartient au passé maintenant. Chacune de nous a fait sa vie depuis.

— Merci, répondit Alix simplement.

Pour chasser la mélancolie qui semblait s'installer, Julie leur proposa de continuer la soirée dans un bistrot-pub d'inspiration britannique qui avait ouvert ses portes dans la petite ville voisine de Mers-Les-Bains. Alix ne le connaissait que de nom, mais d'après les filles leur carte valait le coup.

Elles décidèrent de ne prendre qu'une seule voiture et ce fut Julie qui les conduisit jusqu'au restaurant.

Alix se perdit dans la contemplation du quai François Ier. Les trottoirs longeant les différentes enseignes du port de pêche, qui étaient bondés du temps où elle résidait encore dans la région, étaient presque vides. Les rares passants avaient relevé le col de leurs manteaux et se hâtaient dans la fraîcheur annonciatrice de l'automne tout proche. Même les petites échoppes et les glaciers étaient fermés. Alix se rappelait avec une pointe de nostalgie l'époque où elles s'arrêtaient pour acheter des *chichis* avant d'aller en discothèque.

Les gens changent, leurs habitudes également.

Le long du parking du restaurant, de grandes affiches annonçaient les animations du mois.

— Les filles ! s'exclama Anaïs. C'est notre jour de chance, ce soir c'est soirée Chippendales !

— Génial ! renchérit Déborah. Ça va me changer du bidon grassouillet de mon mari.

Sans aucune surprise, la salle du restaurant était remplie à majorité par une clientèle féminine. Les hommes présents avaient les yeux rivés sur les écrans diffusant les matchs de football en multiplex.

Je voulais me divertir. En voici une bonne occasion. Autant me mettre dans l'ambiance !

Pendant le repas, les lumières se tamisèrent soudainement tandis que la musique se mit à hurler dans les haut-parleurs. Des femmes, apparemment habituées à ce type d'événement, poussèrent des cris hystériques tandis que quatre messieurs bodybuildés firent leur apparition. Une annonce au micro invita les intéressées à prolonger la soirée dans la salle annexe, réservée aux animations. Les hommes pourraient ainsi suivre leur fin de match en toute tranquillité. Les danseurs finissaient d'émoustiller ces dames en passant de table en table, ici déboutonnant leurs chemises, là saisissant la main d'une demoiselle rouge de honte et lui proposant de tâter ses tablettes de chocolat. C'est sûr, ils savaient faire le show !

5

Dans la salle de spectacle, pendant que les filles oubliaient leur quotidien en profitant du gala donné par les chippendales, Alix essayait de s'éclipser discrètement. Elle avait remarqué qu'un type prenait des photos de la soirée — sûrement un employé qui allait ensuite les publier sur les réseaux sociaux du complexe. Et autant dire que son patron n'apprécierait pas de voir sa trombine en premier plan. Elle avait plutôt pour habitude de se fondre dans la masse.

— Où vas-tu ? lui demanda Déborah qui arrivait par-derrière.

— Prendre l'air une seconde, il fait vraiment chaud ici ! déclara-t-elle.

— Tu l'as dit ! Tu as vu ces mecs ? Putain, j'aurai dix ans de moins, je ne dirais pas non pour grimper sur scène avec l'un d'entre eux.

Alix regarda Déborah avec un air si ahuri que cette dernière lui rétorqua :

— Ben quoi ? Ce n'est pas parce que je suis mariée que je ne peux pas mater un peu. Tu ne les trouves pas craquants, toi ?

— Euh, si, si, répondit la jeune femme tout en constatant que son amie avait déjà bien forcé sur les consommations.

— Mais d'ailleurs, rien ne t'empêche d'y aller toi, si tu es célibataire !

Manquerait plus que ça !

— Oh non ! M'afficher devant tout le monde, très peu pour moi.

— Allez ! Il faut te dérider un peu. Tu n'étais pas si coincée au lycée.

Elle sentit qu'au bar tout proche, des regards s'étaient posés sur elles tant Déborah parlait fort au point de couvrir par moment le son de la musique.

— C'était il y a longtemps, renchérit Alix, un peu gênée de devenir le centre de l'attention. Je vais me chercher un verre, déclara-t-elle finalement pour couper court à cette conversation, tu veux que je te rapporte quelque chose ?

Un large sourire illumina le visage de Déborah et son amie devina qu'elle ne dirait pas non à un énième cocktail.

Tandis que Déborah repartait en se trémoussant vers leur table, Alix se retourna vers le comptoir et attendit que le serveur vienne prendre sa commande.

— Vous devriez suivre son conseil, lui dit une voix à sa droite.

Elle tourna la tête machinalement, prête à rembarrer un abruti, mais les mots lui manquèrent lorsqu'elle croisa son regard. Elle eut bizarrement une sensation de déjà-vu.

— Je vous demande pardon ? lança-t-elle.

— Vous donnez l'air d'avoir envie de fuir, déclara l'inconnu sans ambages.

— Ah ! Ça ! Une réunion des anciennes du lycée. Je me demande encore pourquoi j'ai accepté.

Et pourquoi est-ce qu'elle lui répondait ?

— Peut-être que vous avez besoin de vous rassurer, continua-t-il alors que le serveur prenait sa commande.

Touché ! Mais se rassurer de quoi au juste ? De se dire que, finalement, après toutes ces années passées à fuir, Alix était de retour au point de départ à constater que ses amies, sous couvert d'une vie conventionnelle à souhait, exprimaient le désir de s'échapper de leur quotidien le temps d'une soirée. Est-ce que cela la rassurait alors qu'elle avait elle-même choisi une vie libre, sans attache ?

— C'est pour moi, déclara l'inconnu lorsque le serveur déposa les consommations sur le comptoir : un mojito pour Déborah et un cocktail sans alcool pour Alix.

— C'est gentil, mais non merci, répondit-elle un peu abruptement en présentant sa carte bancaire au-dessus du lecteur.

— Indépendante en plus, un bon point pour vous, déclara-t-il avec un léger rictus avant de sortir une cigarette de son paquet et de se diriger vers la sortie.

Un peu perturbée par cet échange, la jeune femme se dirigea vers la table où ses amies attendaient avec impatience la suite du show et y déposa les deux verres.

— Tu en as mis du temps ! protesta Déborah en attrapant sa consommation.

— Ne lui en veux pas, elle était en bonne compagnie, rétorqua Anaïs.

— Ah bon ? J'ai rien vu moi, se plaignit Déborah en faisant la moue.

— Normal, tu dévorais littéralement les danseurs du regard.

Les filles s'esclaffèrent.

— Faut dire qu'ils sont craquants !

— Tout comme le beau Jonathan !

— Qui ça ? s'enquit Alix.

— Jon ! Jonathan Schenker ! Ne me dis pas que tu ne l'as pas reconnu. Il était au lycée, toujours à nous tourner autour.

Elle regardait Anaïs d'un air totalement incrédule. *Jonathan Schenker ! Pas possible !*

— C'est pas vrai ! Le Jon dont je me souviens devait mesurer un mètre soixante les bras levés et il était recouvert d'acné, rétorqua Alix. En plus, il me semblait qu'il avait déménagé avant la rentrée en première.

— Ça, c'est vrai, compléta Julie. Quand ses parents ont divorcé, il est parti vivre chez sa mère dans le Périgord. Il est revenu il y a deux ou trois ans.

— Tu es bien informée, se moqua Déborah.

— Tu sais bien que ma mère, au salon de coiffure, est au courant de tous les potins du coin. D'ailleurs, renchérit-Julie en se tournant vers Alix, si tu veux des nouvelles de Nicolas...

Son visage se crispa instantanément à l'annonce du prénom.

— Non merci ! déclara la jeune femme un peu abruptement. Le passé c'est le passé !

Un souffle glacial venait de balayer la tablée. L'ambiance qui avait eu du mal à se détendre ressemblait désormais à la *flatline* d'un encéphalogramme. Chacune de leur côté, les amies firent mine de s'intéresser à la reprise du spectacle des chippendales. Même Déborah ne semblait plus vouloir autant donner de sa personne. Alix y était peut-être allée un peu fort. C'était ça de renoncer à toute vie sociale, lorsque ça arrivait de nouveau, on ne savait plus comment se comporter. *Oh ! Et puis zut !* Demain, elle sera repartie vers Paris puis Monaco pour le travail. Là-bas au moins elle aura l'impression d'être utile !

Alix regretta même de ne pas avoir pris sa voiture pour venir au restaurant. Maintenant, elle devait attendre qu'Anaïs et les filles fussent décidées à rentrer. Elle rongeait son frein en observant les gens dans la salle quand son regard fut attiré vers le bar. Jonathan y était de retour et ses yeux étaient rivés vers la table.

Pourquoi est-ce que cela la réjouissait ?

À toutes fins utiles, et sans un mot pour ses comparses, la jeune femme décida de retourner au comptoir. Cette fois, elle commanda un café. Elle avait besoin d'avoir l'esprit clair le lendemain. Et cette soirée ne jouait pas en sa faveur. Elle sentait que le regard de leur ancien camarade de lycée avait suivi chacun de ses mouvements. Elle se raidit subrepticement puis relâcha les épaules, saisit sa tasse et se dirigea vers lui.

— Jonathan Schenker ! déclara-t-elle tout de go. Je ne t'avais pas reconnu.

— J'ai remarqué, répondit-il avec un sourire en coin — Alix nota mentalement qu'il devait s'agir d'une sorte de tic —, ce n'est pas étonnant, il en a coulé de l'eau sous les ponts depuis la seconde.

— C'est certain !

— Tu veux boire autre chose ? lui demanda-t-il en désignant la tasse du menton.

— Non, c'est gentil, mais la caféine me suffira.

— Drôle de breuvage pour une fin de soirée.

Jon la dévisagea. Ses grands yeux verts scrutaient ceux de la jeune femme à la recherche d'un renoncement. Après tout, peut-être devrait-elle en profiter comme il le sous-entendait. N'empêche, elle ne cessait de penser que le commandant Hill n'apprécierait pas si elle arrivait au briefing avec un mal de cheveux carabiné. Donc, elle allait s'en tenir là.

Pourtant son corps semblait réagir d'une tout autre façon.

Une chair de poule la saisit à mesure que le regard de Jon se faisait sondeur. *Serait-il capable de deviner ses pensées ?* La musique du show était si forte qu'elle ne facilitait pas la discussion et cela l'arrangeait, car elle ne raconterait que des inepties vu son trouble grandissant. Elle faisait mine d'apprécier cette cacophonie, balançant la tête de droite à gauche, mais son esprit était trop occupé.

Tandis que le serveur glissait une seconde tasse de café dans sa direction, Alix observa discrètement son acolyte. C'est vrai qu'il avait énormément changé depuis le lycée. *En carrément mieux ! Brun, un mètre quatre-vingt à quelque chose près, des épaules solides, un physique athlétique et un cul… mes aïeuls !* pensa-t-elle en tendant le cou pour mieux mater.

Lorsque son regard croisa de nouveau celui de Jon, une lueur espiègle s'illumina dans ses yeux et il esquissa un sourire dévoilant à peine ses incisives.

Oups ! Grillée ! Il est canon et il le sait ! Eh bien, ma vieille, heureusement que tu n'es pas en service. Bravo la couverture sinon !

Son cerveau fonctionnait à pleine vitesse. *Elle rêvait ou il venait de se rapprocher ?*

— Ça te dirait de quitter cet endroit ?

Son souffle dans le cou de la jeune femme lui procura des frissons enthousiasmants. Lâcher prise, profiter de la vie le temps d'une soirée, ça pourrait être sympa. Elle regarda discrètement vers la table où elle était assise quelque temps auparavant. Déborah, Anaïs et Julie étaient en train de se lever. Alix imagina que cela sonnait la fin de la soirée. Elle allait presque regretter leur précipitation.

— Désolée Jon, mais je dois y aller, commença-t-elle. Je repars demain. — Puis s'approchant plus près de son oreille, elle ajouta : — Mais ça aurait été avec plaisir.

Alix se recula pour apprécier l'effet de ses mots. Dans le regard de Jonathan se succédèrent la déception, puis l'amusement, la résignation et enfin une lueur espiègle.

Alix fit signe aux filles qu'elle les rejoignait et s'apprêtait à quitter le bar lorsque la main de Jon enserra la sienne, l'obligeant à se retourner. Il profita du mouvement pour la saisir par la taille et la plaqua contre lui. Le souffle coupé, elle se laissa faire ; la chaleur qui se dégageait de son corps ferme était si grisante.

— C'est dommage, lui glissa-t-il à l'oreille. On aurait pu s'amuser.

Puis il lui déposa un baiser dans le cou et retira sa prise. Alix se sentit soudain comme une poupée de chiffon, mais elle reprit rapidement une contenance avant de se diriger vers la sortie.

Putain, ce mec est chaud comme la braise ! pensa-t-elle avec un sourire.

6

Lorsque les filles déposèrent Alix sur le parking du Tréport, l'ambiance était plus détendue. En curieuses invétérées, elles l'avaient sommée durant le trajet de leur raconter sa conversation avec Jon. Car bien entendu, sa petite mise en scène finale n'était absolument pas passée inaperçue.

— Tu vas le revoir ? s'enquit Julie.

— Tu sais bien que je repars tout à l'heure, soupira Alix.

— Oui, mais ça ne t'empêche pas de revenir…

— ...plus souvent, compléta Anaïs avec un clin d'œil.

Ce fut à cet instant qu'Alix se rendit compte qu'elle ne leur avait rien dit de ses projets ni de la vente de la maison. Elles risquaient d'être déçues...

— C'est gentil les filles, mais les relations longues distances, ce n'est pas trop mon truc, déclara-t-elle en descendant de voiture.

— Prends soin de toi, Alix.

— Et donne-nous de tes nouvelles !

— OK les filles. Dès que possible… Et embrassez Déborah pour moi, la pauvre va avoir mal au crâne demain.

L'intéressée avait bien profité de sa soirée, mais le trop-plein d'alcool avait eu raison d'elle et de son estomac. Après avoir vomi à deux reprises sur le parking du restaurant, elle avait fini par s'endormir sur la banquette arrière, la tête sur les genoux d'Anaïs.

Après un dernier signe de la main, Alix remonta dans son véhicule et prit la direction de Guerville en espérant ne pas croiser les collègues du DSI[1]. Bien qu'ils faisaient partie de maisons voisines, elle savait qu'elle n'aurait pas de passe-droit si son taux d'alcoolémie était trop élevé. Même si elle était confiante et qu'elle avait assuré le coup en refusant ce dernier verre.

Rien ne t'empêche de retourner là-bas et de saisir ta chance…

Son esprit divaguait. Alix secoua la tête à l'approche du rond-point. Il était encore temps de changer de direction…

***

Un dernier tour d'horizon de toutes les pièces de la maison avant de partir. Enfin toutes sauf une. Décidément, la jeune femme n'arrivait pas à y mettre les pieds, son cœur s'émiettait avant même qu'elle franchisse le palier.

Ce fut donc le cœur gros qu'elle glissa la bride de son sac à dos sur l'épaule et qu'elle verrouilla la maison. Madame Diaz, la voisine, s'était absentée. Dommage, elle aurait aimé la remercier de vive voix. Tant pis, Alix griffonna un petit mot

1 Détachement de Sécurité et d'Intervention.

sur une carte de visite qu'elle glissa dans la plante qu'elle avait achetée la veille et qu'elle déposa sur les marches de son perron. Madame Diaz comprendrait.

Il lui restait un dernier détour à faire avant de prendre la route. Devant l'agence Sheridan & Cie, Alix décrocha le porte-clés tressé en fils de scoubidou du reste du trousseau. C'était un cadeau de fête des Pères qu'elle avait réalisé en primaire. *Plutôt costaud ! Il a bien résisté durant toutes ces années,* observa-t-elle.

Il était tout biscornu et ses couleurs étaient passées, mais qu'importe, elle avait décidé de le conserver. Ah ! Sûrement pas dans sa voiture ou autour de ses clés, mais quelque part chez elle, dans une boîte où elle conservait des bribes de souvenirs. Ce coffret, qu'elle n'ouvrait que pour y glisser une babiole, serait le témoin de son attachement matériel pour des objets sans grand intérêt à première vue, mais dont la valeur sentimentale était sans égal. En attendant, la jeune femme fourra ce bout de plastique au fond de son sac à main et descendit remettre son dû à l'hôtesse d'accueil de l'agence.

Lorsqu'elle remonta en voiture, son visage avait perdu de ses couleurs et ses yeux picotaient.

— Allez ma vieille ! maugréa-t-elle. Faut passer à autre chose.

Alix glissa la clé dans le tableau de bord et la tourna. Le moteur toussota une fois, mais refusa de démarrer. Fronçant les sourcils, elle inclina la tête et réessaya. Rien.

Bon sang de bois !

Alix porta son attention cette fois sur le tableau de bord. Demi-tour de clé, les voyants s'allumèrent.

C'est bon signe…

Elle mit le contact et il ne se passa rien. Plus de toussotements non plus.

— Putain de merde ! s'écria-t-elle en frappant le volant du plat de la main.

Alix sortit son smartphone de la poche de sa veste et pianota rapidement sur Internet. D'après les forums spécialisés, sa panne pouvait être due à un défaut de batterie ou bien du système *stop and start*. Dans le premier cas, elle avait besoin d'un multimètre pour vérifier la tension de la batterie. Comme si elle avait l'habitude de se balader avec une caisse à outils ! Pour le système *stop and start*, elle devait pouvoir le désactiver manuellement. Lorsqu'enfin elle trouva le bouton qui lui permettrait de redémarrer, elle s'apprêtait à pousser un petit cri de victoire, qui mourut sur ses lèvres alors que le moteur restait désespérément silencieux.

— Fais chier ! jura-t-elle une fois de plus.

Après avoir fouillé dans la boîte à gants à la recherche du numéro de téléphone de l'assistance, Alix s'entendit dire qu'une dépanneuse allait venir la remorquer dans l'heure.

— Génial ! râla-t-elle.

En attendant, la jeune femme traversa la rue et entra dans un snack. Il n'était fréquenté que par des jeunes, en groupes ou solitaires. Sans doute des lycéens de l'établissement voisin.

Elle commanda un café à emporter et retourna s'asseoir en voiture. Cette fois, c'était sûr, elle allait être en retard à son rendez-vous. Autant prévenir le commandant Hill ainsi que son collègue Willem. Elle leur adressa à tous deux un SMS :

[En panne de voiture. Attends assistance. Vous avise + tard. Alix]

Les réponses ne tardèrent pas.

[Dis plutôt que tu as mangé le réveil… Xoxo Will]

[Pas de chance. Tenez-moi au courant. I. Hill]

Ancien flic de la BAC[2] de Lyon, le commandant Isaac Hill avait intégré l'OCRB[3] l'année de ses quarante ans et avait gravi rapidement les échelons à la faveur d'enquêtes brillamment élucidées, dont l'épineuse affaire de l'enlèvement de la fille du Premier ministre. Dix ans plus tard, il dirigeait de main de maître ses équipes d'enquêteurs et se targuait d'avoir de l'intuition lorsqu'un dossier devenait délicat.

***

Tirée de ses pensées par le bruit du moteur de la dépanneuse, Alix sortit du véhicule.

Le temps que le camion manœuvrait, elle en profita pour attraper sa veste sur la banquette arrière. Il faisait meilleur que la veille, mais le fond de l'air était frais, une petite bise venant

2 BAC : Brigade Anti-Criminalité
3 OCRB : Office Central de Répression du Banditisme

de l'est chassait les nuages éparpillés dans le ciel azuréen de cette fin septembre. Un bruit de pas se fit entendre derrière elle et la jeune femme se redressa promptement pour ne pas que son fessier soit le premier contact visuel entre le dépanneur et elle.

— Bonjour ! C'est vous la panne de démarreur ?

Alors qu'elle mettait la main en coupe au-dessus de son front pour se protéger des rayons du soleil, Alix laissa échapper un hoquet de surprise lorsqu'elle reconnut la voix.

— Et bien ça alors ! continua-t-il, je ne pensais pas te revoir de sitôt Alix !

Jonathan ! Il ne manquait plus que lui !

— Salut Jon ! Tu peux me remorquer jusqu'au garage le plus proche ? J'ai un avion à prendre.

— Tu es pressée de partir à ce que je vois, railla-t-il.

Alix aurait mis sa main au feu qu'il n'avait pas apprécié qu'elle le plante la veille au soir.

— Disons que j'ai un boulot urgent qui m'attend, alors mon boss ne va pas apprécier que je traîne ici.

Jonathan laissa échapper un grognement. Comme si lui n'avait rien à faire peut-être !

— Bah, va déjà falloir voir de quoi il retourne sur ta voiture. D'expérience, ça peut venir d'un défaut électrique. C'est la maladie sur ces modèles-là.

Devant sa mine soudainement déconfite, il continua.

— Ça peut aussi n'être qu'un problème de batterie. On vérifiera ça à l'atelier. Grimpe dans la cabine. J'attache la belle et je te rejoins !

Alix s'exécuta sans mot dire. Un mal de tête commençait à se faire sentir à mesure que son humeur déclinait. Elle détestait être prise au dépourvu et pour le coup une panne de voiture ce n'était vraiment pas ce dont elle avait besoin à cet instant.

La jeune femme laissa son regard errer dans la cabine du camion. Cette dernière était plutôt propre contrairement à ce qu'elle s'imaginait. Un sapin en carton à l'artificielle odeur de vanille pendouillait au rétroviseur, sans doute pour masquer les relents de graisse qui pouvaient déranger les nez les plus délicats. Derrière le siège conducteur étaient rangés divers bidons. En étirant le cou, elle réussit à déchiffrer l'étiquette d'un fabricant d'huile moteur, puis un bruit à l'arrière du camion lui fit porter son attention vers le rétroviseur extérieur. Alors qu'elle commençait à s'impatienter, la vision qui s'offrait à elle lui tira un sourire en coin : Jon s'affairait autour de sa voiture, dans un jean qui moulait à merveille ses fesses rebondies. Plutôt agréable comme vision. Elle laissa ainsi divaguer son esprit en le regardant manier le treuil hydraulique pour arrimer la Fiat 500.

7

Durant le court trajet qui les conduisait à la sortie de la ville, Alix et Jonathan n'échangèrent pas un mot. L'atmosphère était tendue dans la cabine et la jeune femme ne parvenait pas à définir si cela provenait de la façon dont ils avaient achevé la soirée de la veille ou si elle avait fait ou dit quelque chose qui l'aurait contrarié. Pourtant Jon gardait les mâchoires serrées et elle aurait juré qu'il faisait un effort pour ne pas parler.

Alors que la dépanneuse se garait devant le garage, Alix réalisa que ses mots l'avaient peut-être blessé. *La bourde !* Sur l'enseigne, se détachait en lettres rouges sur fond blanc le nom de Schenker & Fils.

— C'est le garage de ton père ? s'enquit-elle.

— C'était. Mon père est mort il y a deux ans, siffla-t-il entre ses dents.

— Oh... Je suis désolée. Je ne savais pas. C'est pour ça que tu es revenu dans la région ?

Jon lui lança un regard glacial.

— Comment tu sais ça ?

— Oh… euh, Julie en a parlé hier soir.

— Je vois que tes amies sont bien renseignées.

Bravo ma fille ! En trois secondes, tu viens d'avouer que vous avez parlé de lui, pensa-t-elle avec effarement.

— Donc, fit-elle pour changer de sujet, tu vas pouvoir me dire si je peux repartir rapidement.

— Hum, oui. Je vais la passer à la valise pour diagnostiquer la provenance de la panne, déclara-t-il. Si tu veux un café en attendant, il y en a dans mon bureau.

Je rêve où il ne veut pas de moi dans ses jambes ?

***

Plutôt qu'obtempérer, Alix se prit d'une envie curieuse de découvrir l'intérieur de l'atelier. Quelle idée saugrenue ! À quoi bon pouvait-elle s'attendre à part des voitures en attente de réparation, de la graisse et de la poussière à foison ?

Néanmoins, son regard fut attiré par une bâche recouvrant imparfaitement un véhicule qui lui semblait dénoter des autres. Seule une jante en émergeait et bien qu'elle était assez inexpérimentée en la matière, son petit doigt lui disait que Jon dissimulait un petit bolide. Regardant par-dessus son épaule, elle vit que son garagiste était bien occupé avec son problème de démarreur, alors autant assouvir cette curiosité qui l'étreignait.

Alix s'approcha discrètement et souleva un coin de la bâche jusqu'à dévoiler le symbole en forme de cheval cabré, caractéristique de la marque Ferrari.

Eh bien ! Je comprends mieux pourquoi elle est protégée. Par contre, elle a bien morflé, constata-t-elle en rabaissant la toile.

— Ferrari 458 Italia, déclara Jon dans son dos, la faisant sursauter. Un vrai petit bolide, moteur V8, de zéro à cent en trois secondes quatre.

— Jolie voiture, mais elle a souffert, répondit la jeune femme avec pragmatisme en pointant son aile abîmée. Elle est à toi ?

— Oh non ! ricana-t-il. J'en ai pas les moyens. Elle appartient à l'un de mes clients. Il a mal négocié un virage...

— Oui, on dirait bien. Ça me ferait mal d'égratigner un bijou pareil.

— Tu aimes les voitures de course ?

Alix acquiesça d'un hochement de tête.

— J'apprécie leur beauté surtout. Pour tout te dire, quand j'étais petite, j'étais fascinée par les courses automobiles et la formule 1. On regardait les retransmissions à la télévision avec mon père…

— Dans ce cas, tu devrais venir demain. Y'a une course d'organisée au circuit d'Abbeville, que de la grosse cylindrée. Et... j'y serai.

Son intonation traînante laissait entendre que le simple fait de sa présence pouvait la décider à s'y rendre. Quelle prétention !

— C'est sympa, mais en toute logique je prends mon poste à Monaco lundi matin.

— Monaco ! siffla-t-il. Rien que ça ! Et dans quoi travaillez-vous, mademoiselle Deslino ?

— Je suis commerciale pour une grande marque de maroquinerie et produits de luxe, déclara-t-elle sans se départir d'un sourire arrogant.

— Ah, je vois ! Tu ne côtoies que le gratin, répondit Jon d'un ton dédaigneux.

— Qu'est-ce que tu veux dire ?

— Que « traîner » avec un petit mécano ce n'est vraiment pas ton genre !

— Parce que tu crois connaître mes goûts en ayant discuté cinq minutes avec moi ! s'énerva Alix. De toute façon, la question ne se pose pas, puisque je quitte la région.

— Que tu crois…

— Comment ça ? s'enquit-elle en croisant les bras sur sa poitrine.

— Juste que ton problème de démarreur ne vient pas de la batterie. À la valise, il apparaît que l'erreur est située autour du calculateur. Je vais faire d'autres vérifications, mais si c'est confirmé, je vais devoir commander la pièce.

Les bras lui en tombèrent. Littéralement.

— Il va te falloir combien de temps pour la recevoir ?

— Deux ou trois jours selon les délais de mon fournisseur. Si je la commande aujourd'hui, au plus tard, je l'aurai mercredi.

— Mercredi ! Mais non c'est pas possible !

— Et si ma beauté ! Tu vas devoir te résoudre à rester quelques jours de plus ici.

— Et merde ! Mon patron va être furax !

— Il peut bien comprendre, répliqua Jon.

— C'est toi qui ne comprends pas, s'écria la jeune femme. C'est un poste important. Je ne peux me permettre une absence ! — puis en se radoucissant — Tu es certain que tu ne peux rien faire ?

— Je vais pousser plus loin les recherches, mais j'en suis quasiment certain.

— OK. Tiens-moi au courant rapidement, s'il te plaît, dit-elle en lui tendant sa carte de visite.

— Où vas-tu ?

— À la gare, je vais voir s'il y a un moyen de remonter sur Paris avant ce soir.

— Les trains ne circulent plus sur cette ligne depuis belle lurette, lui expliqua-t-il avec un sourire.

Oh putain ! Je suis vraiment coincée ici, alors !

Devant son expression atterrée, Jon éclata de rire.

— Fous-toi de moi ! rétorqua-t-elle d'un ton maussade.

— Bah écoute, tu verrais ta tête ! C'est trop drôle. Y'a trop longtemps que tu as quitté la région, beaucoup de choses ont changé.

— Bon, apparemment je n'ai plus qu'à espérer que tu répares ma voiture rapidement.

Une lueur amusée traversa les yeux de Jonathan.

— On peut dire ça. D'abord, je te raccompagne chez toi, et ensuite je m'y mets, ça te va ?

— Tu n'as qu'à commencer maintenant, déclara Alix en secouant la tête. Je vais me débrouiller.

Elle s'apprêtait à quitter l'atelier lorsqu'il ajouta :

— J'ai un véhicule de prêt si tu veux. Il ne paye pas de mine, mais au moins tu ne repartiras pas à pied.

Elle se retourna les joues en feu. Si elle pouvait éviter de faire quinze bornes dans la campagne…

— Bon, OK.

— Attends-moi là, je vais le chercher. Il est derrière l'atelier.

Alix acquiesça et le suivit dans son bureau. Il se saisit d'une clé dans l'un des tiroirs et ressortit aussitôt, non sans l'avoir frôlée ostensiblement dans l'embrasure de la porte.

Finalement, je crois qu'un café va me faire du bien.

La jeune femme se dirigea vers une desserte et se servit une tasse du breuvage fumant.

— Et maintenant, il faut prévenir le commandant.

8

Un bruit de moteur résonna dans l'entrée du parking et des pneus crissèrent sur les gravillons de la cour arrière. Jon, affairé à dépoussiérer une vieille voiture qu'il n'utilisait guère plus que pour quelques dépannages occasionnels, se retourna prêt à enguirlander un client trop intrusif. La cour n'était réservée qu'au personnel.

Si du temps de son père, l'atelier employait quatre mécaniciens, il n'y avait désormais plus que lui. La faute aux grandes enseignes qui avaient fleuri dans la zone commerciale et qui proposaient une multitude de services pour fidéliser leur clientèle. Les petits mécanos comme lui disparaissaient les uns après les autres.

Lorsque trois types à la mine patibulaire descendirent du 4x4, Jon se dit finalement qu'il valait mieux garder sa verve pour plus tard. Ces gars-là, il les connaissait, et ils n'étaient pas venus pour prendre le thé.

— Salut Jon ! On dirait que t'as pas l'air content de nous voir, s'étonna Claudio avec un sourire narquois.

Le type, un grand brun à la barbe naissante et aux cheveux hirsutes se rapprocha du mécanicien, flanqué de ses deux comparses trois pas derrière.

— C'est que… bredouilla Jonathan. Je ne m'attendais pas à vous voir aujourd'hui.

— Oh ! Bah tu croyais quoi ? Qu'on allait t'appeler avant ? rétorqua Gino en glissant ses pouces dans la ceinture de son jean, largement distendue par la bedaine qui en débordait.

— Fallait p't'être qu'on prenne rendez-vous, qu'est-ce que t'en penses Bruno ?

— Ouais, p't'êt, répondit l'intéressé en jetant son mégot fumant aux pieds du garagiste. M'enfin je suis pas sûr que le patron sera d'accord pour qu'on r'vienne les mains vides. Alors, vu qu'on est là, on va p't'êt discuter de nos affaires, non ?

Jonathan déglutit avec difficulté. Il savait que ces trois-là étaient venus dans un but précis. Mais surtout, il n'avait pas ce qu'ils étaient venus chercher.

— Je vous dirai bien de passer dans mon bureau, mais j'ai une cliente qui m'attend, là. Alors si on pouvait remettre ça…

— Oh ! Bah voyons… C'est demandé si gentiment, reprit Claudio en saisissant Jon par l'épaule. Pas vrai les gars ? continua-t-il en regardant derrière lui.

— Ah, ça ouais !

Claudio éclata de rire puis son visage se durcit instantanément avant de décocher un coup de poing dans le ventre de Jonathan qui se retrouva plié en deux.

— Alors ? On fait moins le malin ! s'esclaffa Gino qui s'était approché lui aussi.

Jon, qui s'était redressé, serra les poings, prêt à en découdre. OK, il était en infériorité numérique, mais il n'avait pas l'intention d'encaisser sans rien dire.

***

— Jon ? Tu en mets du temps ! s'écria Alix en poussant la porte de l'atelier.

Alors qu'elle passait la tête dans l'entrebâillement, la vision mit ses sens en alerte. Jon était entouré par trois types qui n'avaient rien d'enfants de chœur. Immédiatement, elle essaya d'imprimer leurs visages dans sa mémoire.

— Tout va bien ? demanda-t-elle.

Un grand brun vêtu d'un baggy et d'une veste polaire noire se tourna vers la jeune femme et la toisa de la tête aux pieds.

— C'est elle ta cliente ? s'enquit-il avec un accent traînant.

À l'entendre, Alix penchait pour des origines italiennes. Ses soupçons furent confirmés lorsque les deux autres enchaînèrent des blagues graveleuses à son encontre.

Sans sourciller, Alix réitéra en sortant totalement de l'atelier. La porte claqua derrière elle, mais elle n'en tint pas compte. Elle avait l'intention d'en savoir plus, quitte à jouer les naïves.

— Jon ? Ça va ?

— Oui, lui répondit-il. J'avais un truc à voir avec mes clients. Tu n'as qu'à m'attendre dans le bureau, j'en ai pour deux minutes.

La jolie rousse secoua la tête.

— T'inquiète, je t'attends là.

Les trois hères plissèrent les yeux. Ils n'appréciaient pas son intervention. Mais ils n'iraient pas plus loin. À première vue, la jeune femme pensa qu'ils étaient venus pour faire passer un message. Elle le voyait bien à la manière qu'avait le grand type de serrer de sa main l'épaule de Jon. Et lui encaissait sans rien dire… Enfin, il serrait les dents.

J'ai l'impression qu'il trempe dans une affaire pas claire !

D'autant plus que le plus petit des trois, là derrière, cherchait à passer inaperçu. Elle le voyait bien. Il baissait la tête et regardait ailleurs. Comme s'il était intéressé par les épaves qui traînaient dans l'arrière-cour.

— OK les gars, reprit le grand. On r'viendra plus tard. N'oublie pas notre commande, Jon.

— Ouais, c'est ça. À plus tard, répéta-t-il du bout des lèvres.

Les trois compères remontèrent dans leur 4x4 rutilant et rebroussèrent chemin. Alix observa Jon en biais. L'espace d'un instant, ses épaules se voutèrent. Elle était certaine qu'il avait des ennuis.

— Tu es sûr que tu vas bien ? s'enquit-elle.

— Oui, t'inquiète. Ça va, je te dis ! finit-il par s'écrier alors qu'Alix le regardait fixement.

— OK ! conclut-elle en levant les mains pour apaiser la tension.

— Ton carrosse est là, lui dit-il en désignant une voiture qui n'avait pas dû voir l'asphalte depuis des siècles.

— Ça ! s'étrangla la jeune femme. Mais c'est une antiquité ! Elle roule encore ?

La vieillerie en question n'était autre qu'une vieille Peugeot 404. On n'en faisait plus depuis les années 70 au moins.

— Son moteur ronronne comme au premier jour, assura-t-il.

— Soit. Au moins si je tombe en panne je saurai qui appeler.

— Très drôle…

— Bon, déclara-t-elle, maintenant que je suis coincée ici, c'est à quelle heure demain ?

Le regard de son garagiste s'illumina.

— Les entraînements débutent à 13 h, mais ça dure jusqu'au soir. Tu comptes venir finalement ?

— Je vais voir ce que je peux faire, déclara Alix avant d'ajouter d'une voix traînante : si ton carrosse veut bien me conduire.

Elle lui prit les clés des mains, mouchant toute réplique et grimpa dans la 404. C'était un modèle super luxe avec des sièges en cuir couleur caramel. Elle n'en montra rien, mais elle appréciait le confort de l'assise. Lorsqu'elle mit le contact, elle eut la bonne surprise de voir que la voiture démarrait encore au quart de tour.

— Tiens-moi au courant pour la panne, lança-t-elle par la vitre avant de quitter l'arrière-cour du garage.

9

Après avoir fait un détour par l'agence immobilière pour récupérer ses clés, non sans avoir subi un interrogatoire de l'hôtesse d'accueil — *mais qu'est-ce que ça peut bien lui faire* ? — Alix s'affala dans le fauteuil en cuir de son père avec une pile de papier sur les genoux.

D'après ses souvenirs, elle griffonna le portrait-robot d'un des trois lascars qui cherchait des noises à Jon. Finalement, ses cours d'option arts plastiques au lycée servaient à quelque chose.

La jeune femme ne savait pas pourquoi elle s'intéressait à ses problèmes. Après tout, ce n'était pas comme s'ils étaient de vieux amis et se mêler des affaires des autres ce n'était pas trop son truc. C'était le meilleur moyen de mettre les pieds où il ne fallait pas. Pourtant son instinct lui intimait de procéder à quelques vérifications. Et puis s'il s'agissait juste d'une histoire de client mécontent, elle serait vite fixée.

Néanmoins, ce type-là, le petit châtain aux cheveux rasés et au regard fuyant ne lui semblait pas inconnu. Soit il avait un sosie, soit elle avait déjà vu sa trombine quelque part. Une fois satisfaite du portrait réalisé — et encore elle aurait été plus à l'aise sur de la caricature —, Alix en fit une photo avec son téléphone portable et grimpa deux à deux les marches de l'escalier pour tenter de l'envoyer par email depuis l'étage. *Foutu réseau ! Être au 21e siècle et ne capter nulle part, c'est un comble !*

Elle abandonna le téléphone sur la commode située sous sa fenêtre de chambre — c'était le seul endroit qui recevait aléatoirement un peu de 3G — et descendit fouiller dans son sac à dos à la recherche de l'encas qu'elle s'était préparé pour la route. Lorsqu'elle remonta, un SMS de Willem l'attendait.

[Bien reçu ton message. Je fais des recherches et je te tiens au jus. Will]

Alix répondit d'un laconique :

[Merci.]

Elle espérait se tromper, mais un appel de son collègue quelques minutes plus tard la laissa présager du contraire.

— Dans quoi tu t'es fourrée ma belle ?

— Explique, répondit-elle hâtivement.

— Le type sur ton portrait a matché dans le fichier. Il s'appelle Bruno Corsi et il est connu de nos services pour divers méfaits, dont plusieurs plaintes pour coups et blessures.

— Je me disais bien qu'il avait la tête de l'emploi. Pourquoi est-ce qu'il ne m'est pas inconnu ?

— Il bosse pour un type du nom de Giorgio Carlotti.

— Hum, ce ne serait pas l'un des associés présumés de Marcus ?

— Bien vu. Mais on n'a jamais réussi à les relier. Le type a toujours pu s'en sortir. Pourquoi tu t'intéresses à lui ? s'enquit Will.

— Eh bien, j'ai croisé ce Corsi ce matin accompagné de deux autres types tout aussi sympathiques. Ils essayaient d'intimider mon garagiste.

— Tu sais dans quoi il trempe ?

— Non. Je le connais depuis le lycée, ça n'a jamais été un méchant bougre.

— Tu sais ce qu'on dit, les gens changent.

Alix fronça les sourcils. Elle avait bien pensé à cette éventualité néanmoins…

— Son attitude m'a surtout laissé penser qu'il avait des ennuis.

— Dans ce cas, tu devrais en parler au commandant. Le fait que Corsi soit lié à Carlotti pourrait nous rapprocher de Marcus.

— Tu as raison, acquiesça-t-elle.

— Tiens-moi au courant.

— Pas de souci. À plus, Will.

Alix raccrocha pour appeler aussitôt le commandant et lui exposer les faits.

Ce dernier, après avoir écouté son exposé et, comme

à son habitude — c'est-à-dire sans tergiverser pendant des heures —, requalifia sa mission. Au lieu de rallier Monaco pour surveiller le retour de Marcus, vu qu'elle était coincée en Normandie contrainte et forcée par le dysfonctionnement de sa voiture, le commandant Hill lui demanda d'observer de plus près les agissements de Carlotti.

Quoi ? On m'envoie sur le terrain ? Enfin !

Alix avait envie de sauter de joie, mais le commandant la recadra avant qu'elle n'en eût l'occasion.

— Attention, Major, à ne pas te faire remarquer. Tu restes sous couverture. Si Carlotti sent le vent tourner, on peut dire adieu à notre piste pour le relier à Marcus. Commence par découvrir ce que fricote ton petit-ami avec ce truand.

— Ce n'est pas…, commença-t-elle.

Il ne lui laissa pas l'occasion de finir. Et comme si elle n'avait pas bien saisi sa première allusion, il ajouta :

— Je compte sur toi pour être discrète, je ne veux pas que la mission principale en pâtisse.

— Compte sur moi, mon Commandant.

— Puis-je savoir comment tu comptes t'y prendre ?

— Demain, mon ga.ra.gis.te, dit-elle en détachant les syllabes, participe à une course automobile dans la région voisine et il m'y a invitée. D'après mon intuition, les trois larbins de Carlotti ne vont pas le lâcher tant qu'ils n'auront pas obtenu ce qu'ils veulent.

— Alors, suis-le comme son ombre, deviens sa groupie s'il le faut. Mais, obtiens-moi des informations.

— Bien mon Commandant.

— Tu me feras un rapport quotidien. Et si tu as besoin de renfort, fais-le-moi savoir. Le lieutenant Brady reste aux avant-postes à Monaco pour surveiller l'arrivée imminente de Marcus. Mais il sera ta base arrière en cas de nécessité. Tu pourras compter également sur le soutien de la BRI[4], je me mets en rapport avec le commandement régional pour les en informer.

— Bien, merci mon Commandant.

C'est pas vrai ! Je ne sais dire que ça ! se fustigea la jeune femme. Bien que son supérieur avait souhaité que tous les membres de l'équipe se tutoient, chacun savait respecter la hiérarchie en place. Pour Alix, cela revenait à appeler le chef par son grade.

— Et, Alix..., continua-t-il, sois prudente.

— Compte sur moi...

Trop tard, il avait raccroché.

Alix se laissa tomber sur le lit, les joues en feu.

Ma première mission en infiltration et en autonomie... Je vais enfin pouvoir leur montrer de quoi je suis capable !

Il fallait dire que d'ordinaire la hiérarchie ne souffrait pas

---

4 BRI : Brigade de Recherche et d'Intervention

les initiatives. Surtout lorsqu'elles égratignaient l'amour-propre de certains de ses collègues. Alix avait parfois tendance à être un peu trop spontanée dans ses propos et certains d'entre eux voyaient en elle une emmerdeuse carriériste plutôt qu'un agent qui souhaitait faire son boulot comme elle l'entendait, même si c'était parfois en dépit du règlement.

***

En prévision des prochains jours passés dans son village d'enfance, Alix sortit faire quelques menues courses au supermarché le plus proche, en prenant soin de se faire discrète. Il ne manquerait plus qu'elle tombe sur Julie ou une autre personne de sa connaissance. Elle avait tellement insisté sur son départ imminent…

Ensuite, Alix s'arrêta chez le buraliste pour acheter le journal avant de rentrer. Lorsqu'elle revint à la maison, madame Diaz se trouvait sur le pas de sa porte. D'un signe de la main, elle lui demanda de la rejoindre. Sa voisine avait pris un coup de vieux depuis qu'Alix était partie. Avant son départ, elle portait ses cheveux blond cendré jusqu'aux épaules et ne les attachait que rarement. Désormais, ils étaient coupés court et des mèches grises parsemaient presque entièrement sa tête.

La jeune femme remarqua que sa voisine s'était également tassée avec l'âge lorsqu'elle fut obligée de se baisser pour l'embrasser. *Mince ! C'est vrai que le temps file !* Mais pour Alix, madame Diaz serait à jamais la petite bonne femme d'en face, celle qui toujours récupérait les colis pour son père ou la gardait après l'école lorsqu'il devait s'absenter.

— Bonjour, ma chérie, lança la vieille dame d'une voix chevrotante. Tu restes encore un peu finalement ?

— Oui, madame Diaz, ma voiture est tombée en panne ce matin. Je vais attendre que le garage me la répare avant de repartir.

— Ça, c'est un signe du destin, renchérit-elle avec un sourire. Tu ne viens pas assez nous voir. Ta place est toujours ici, dans cette maison. Ton père disait toujours qu'il la retapait pour toi.

Le cœur d'Alix se serra à ces mots. C'est vrai que lorsqu'il entreprenait des travaux, il lui demandait son avis. Surtout en termes de décoration. Elle avait, par exemple, choisi les faïences de la salle de bains ou la couleur des meubles de la cuisine. Il n'en aura malheureusement pas profité très longtemps.

Madame Diaz comprit son émotion et lui étreignit le bras.

— Tu sais ma chérie, il nous manque beaucoup à nous aussi. Pierre était très apprécié dans le village. L'accident a été un choc pour nous tous. Lui qui était si prudent.

Justement s'il l'avait été ce jour-là, il ne se serait pas planté sur l'autoroute ! hurla Alix intérieurement.

— Excusez-moi, madame Diaz, mais je dois y aller.

La jeune femme se dépêcha de prendre congé et entra en trombe dans la maison. Dans la cuisine, elle abandonna ses achats sur la table en bois verni et glissa vers le sol tout en laissant échapper les sanglots qui lui nouaient la gorge depuis son arrivée.

10

Le lendemain matin, Alix se leva avec la sensation d'être passée sous un rouleau compresseur. Par ailleurs, une fanfare militaire résonnait dans sa tête ; la faute à cette bouteille de vin blanc qu'elle avait descendue hier soir. Ouais, on pouvait dire qu'elle tenait une forme olympique !

Par contre, sa soirée avait été prolifique. Willem lui avait fait parvenir par email le dossier de Carlotti.

De parents émigrés italiens, il était arrivé en France à l'âge de cinq ans et avait grandi en banlieue parisienne. Bon élève, il obtint une bourse d'études dans une faculté prestigieuse. Son diplôme de commerce en poche, il entra dans une grande entreprise du secteur verrier et y gravit les échelons jusqu'à se faire proposer le poste de directeur d'une succursale régionale, ici en Normandie.

Le parcours sans faute, on dirait, alors pourquoi l'OCLCO[5] *s'intéressait-elle à lui ?*

Mais Carlotti aimait mener la grande vie et très vite, il fut soupçonné de fraude fiscale et de blanchiment d'argent. L'affaire n'avait jamais été jugée. Le document montrait que les preuves récoltées n'étaient pas suffisamment tangibles pour

5 OCLCO : Office central de lutte contre le crime organisé

prouver son implication. Le dossier faisait également état de plusieurs plaintes pour escroquerie, menaces et intimidations sur des industriels locaux. Toutes classées sans suite.

Étrange. À moins qu'il ait envoyé ses hommes de main pour les forcer au silence.

Fait intéressant, Carlotti, amateur de grosses cylindrées possédait des parts dans plusieurs circuits automobiles du nord de la France et en Belgique. Il avait récemment fait l'acquisition d'une petite écurie. Plusieurs de ses véhicules étaient engagés dans le Championnat de France FFSA GT, mais il participait aussi à des courses de moindre ambition, des «*gentleman driver*» d'après le jargon du milieu.

Il avait été soupçonné de trafic de drogue après que l'un de ses anciens pilotes se fut planté lors d'une course poursuite pendant un *go-fast.*

Oh ! J'ai lu un article sur le sujet ce week-end. Serait-il lié ? Est-ce là son supposé lien avec Marcus ?

À en croire le rapport envoyé par Will, Marcus et Carlotti avaient fréquenté la même université. Lorsque ce dernier était entré en première année, Marcus, quatre ans plus âgé, fut chargé du tutorat...

Hum, c'est comme ça qu'il recrutait ? De là à ce qu'il devienne son mentor, il n'y a qu'un pas.

Côté cœur, Giorgio Carlotti était divorcé, mais collectionnait les conquêtes. Plutôt bel homme d'après les photos. Il n'était jamais accompagné par la même femme. Blondes, brunes, rousses, toutes y passaient. Mais il avait une nette préférence pour la vulgarité : maquillage outrancier, hauts talons et robes ultra-courtes.

Super, tout ce que j'aime !! Au moins, ça ne sera pas trop difficile à imiter.

***

Avant de se rendre au circuit, Alix fit un détour par le garage, car Jon lui avait demandé par SMS de le rejoindre au sujet de sa voiture.

— Tu bosses aussi le dimanche ? déclara-t-elle en entrant dans l'atelier.

Il faisait particulièrement chaud en cette fin septembre, et son thermomètre personnel s'affola en découvrant la vue qui s'offrait à elle.

Jonathan Schenker, qui dans ses souvenirs pouvait passer derrière une affiche sans la décoller, était devenu un très bel homme solidement bâti.

Si Alix avait pu le deviner lorsqu'il l'avait maintenu contre lui l'autre soir, elle avait cette fois le loisir de le constater de ses yeux alors qu'il se redressait pour lui faire face. Sa combinaison de travail était ouverte jusqu'à la taille et il en avait ôté le haut pour le nouer autour de ses hanches, laissant apparaître une musculature parfaite.

— Et même les jours fériés s'il y a du boulot, répondit-il avec un sourire. Alors ça te plaît ?

— Quoi ? rétorqua la jeune femme. Voir un mécano torse nu dans sa combinaison ? J'en ai vu d'autres !

— La 404, souffla-t-il une fois arrivé à sa hauteur. Elle en a encore sous le capot, hein.

Alix réprima un frisson. Devait-elle lui dire qu'elle galérait encore à passer les vitesses au volant ?

— Ouais, c'est vrai qu'elle est plutôt sympa à conduire. Mais tu m'as fait venir pour vérifier que je n'ai pas abîmé ton carrosse ou pour me dire que tu as réparé le mien ?

— Alors justement en ce qui concerne ton pot de yaourt — la jeune femme le fusilla du regard alors qu'il utilisait ce surnom peu flatteur, mais tristement répandu — j'avais raison. Ta panne vient bien du calculateur.

— Génial, soupira-t-elle, tu auras la pièce quand ?

— J'appelle mon fournisseur à la première heure demain, mais je pense mercredi ou jeudi.

Puis il ajouta non sans s'être gratté la gorge à deux reprises :

— Tu vas devoir annoncer à ton boss que tu seras un peu plus en retard que prévu.

— T'inquiète, le rassura-t-elle, j'ai pu négocier avec lui. Il m'accorde quelques jours de congés supplémentaires.

Jon arbora de nouveau ce sourire en coin si désarmant.

À quoi pensait-il ?

Alix n'eut pas le temps de lui poser la question qu'ils furent interrompus par des bruits de talons provenant de l'entrée.

Alix se retourna par curiosité et ne put retenir sa surprise

Chloé !

— Je croyais que tu ne voulais pas t'attarder ici, lui lança-t-elle sans équivoque. Salut Jon !

— Hey salut poupée ! Comment tu vas ?

— C'est à toi qu'il faut demander ça, minauda la jolie blonde.

Poupée ! Mais à quoi jouent-ils ces deux-là ?

Alix s'écarta en faisant mine de se concentrer sur le moteur de sa voiture, bien qu'elle n'y connaissait pas grand-chose en mécanique. Pendant ce temps, Chloé et Jon continuaient de discuter comme si elle était invisible. Néanmoins, Alix laissa traîner une oreille indiscrète.

— Pas trop stressé pour cet après-midi ?

— Tu plaisantes ? J'attends ce moment depuis des siècles. Je vais enfin pouvoir leur montrer…

— Monsieur Carlotti sera fâché si tu abîmes sa voiture, le coupa-t-elle d'une petite voix.

Carlotti ?! Elle le connaît ?

— T'inquiète entre mes mains elle ne craint rien. Pas comme l'Italia là-bas ! Ton patron a légèrement dérapé, railla-t-il.

— On déjeune ensemble ? demanda Chloé en changeant de sujet. J'aurais besoin de te parler... en privé.

— Non pas aujourd'hui, j'ai encore un peu de boulot avant de partir sur le circuit.

Chloé releva alors la tête et fusilla Alix du regard. Jon retint son souffle.

— Tu as toujours su attirer l'attention ! lâcha la blonde.

Apparemment, leur entrevue du vendredi lui avait laissé un goût amer. Finalement, c'était plutôt naturel comme réaction. Mais comme Alix se redressait, Chloé serra les poings.

— Nico sait que tu es ici ? cracha-t-elle à son encontre.

— Laisse-le en dehors de ça, je te prie ! l'exhorta la jeune femme en plaquant ses mains sur la carrosserie qui les séparait.

— Dans ce cas, ne te mets pas en travers de mon chemin.

Chloé se retourna dans un claquement de talons.

— À tout à l'heure, Jon, reprit-elle d'une voix doucereuse avant de quitter le garage.

Alix prit une profonde inspiration afin de se calmer. Elle n'avait aucune envie d'être désagréable avec son ancienne amie, mais ses griefs à son encontre n'étaient pas fondés si elle croyait qu'il se tramait quelque chose entre Jon et elle.

— C'était quoi ça ? s'enquit-il.

11

— Je ne savais pas que tu fréquentais Chloé, déclara Alix sans répondre à sa question.

— Tu es jalouse ?

— Pas le moins du monde ! À une époque, nous étions amies, mais je crois que mon retour ne lui plaît pas beaucoup.

Et mon intuition me dit que je vais être amenée à encore la croiser au cours de l'enquête. Par chance, personne ici ne connaît mon véritable métier. Ma couverture aurait été grillée direct !

— C'est qui ce Carlotti dont vous parliez ? ne put-elle s'empêcher de demander.

Visiblement sa question jeta un froid dans l'atelier. Jonathan jusque là souriant arborait désormais un masque empreint de gravité.

— C'est le directeur d'une usine dans le coin, mais il possède aussi plusieurs petits bolides qu'il fait concourir sur différents circuits.

— Dont la Ferrari égratignée là bas, ajouta la jeune femme, certaine de sa réponse.

— C'est exact ! J'entretiens ses voitures et les prépare pour les différentes courses. J'espère que tu viens toujours tout à l'heure.

— Et rater Chloé te faire du gringue ? Compte sur moi je serai là, railla-t-elle.

— Elle ne me drague pas, se défendit Jon.

— Ouais, tu parles ! Il te faut quoi ? Qu'elle se balade avec un panneau lumineux indiquant « *c'est où tu veux, quand tu veux* ».

Alix éclata de rire devant sa mine étonnée.

— Elle est juste sympa avec moi, c'est tout. Par contre, renchérit-il en s'approchant suffisamment pour qu'elle puisse sentir l'odeur de son after-shave, je veux bien que tu apportes ce genre de pancarte la prochaine fois que tu viens me voir.

Visiblement il a envie de jouer, chouette !

***

Plus tard...

À peine arrivée sur le parking du circuit d'Abbeville, Alix réprima une irrépressible envie de faire demi-tour. Un attroupement bloquait l'entrée. Un filtrage ! C'était bien sa veine !

Alors qu'elle approchait petit à petit, la jeune femme se rendit compte qu'il s'agissait d'un groupe de manifestants qui distribuait des tracts. Un type rougeot lui en glissa un par la vitre entrouverte en psalmodiant son discours bien rodé.

— Depuis que les courses ont repris sur le circuit, les rodéos sauvages et les vols se multiplient dans nos campagnes. Des vies sont menacées ! Signez la pétition à l'entrée, ma petite.

— Ouais ouais, je vais voir, maugréa-t-elle en enclenchant une vitesse pour s'extirper de là.

Elle ne saurait dire si c'était le beau temps ou l'odeur de gomme brûlée qui attirait les foules, mais Alix eut du mal à trouver une place de stationnement. Suivant le flux, elle se dirigea vers une large butte de terre qui surplombait le terrain, c'était à cet endroit que se massaient les spectateurs qui désiraient voir l'ensemble du circuit. Une chance, elle allait pouvoir observer les alentours et mieux se repérer. Elle aurait aussi pu attendre Jonathan et le laisser lui faire visiter les environs, mais il devait avoir fort à faire avant sa course.

D'ailleurs, les premières voitures s'élançaient sur la piste. Une folle rumeur enfla dans le stadium, le vrombissement des moteurs rompant un silence relatif à mesure que les véhicules passaient sous les yeux admiratifs du public, suivis par une brise chargée des vapeurs d'essence. Les tours s'enchaînaient dans ce challenge réservé aux véhicules supertourisme et Alix s'ennuyait déjà.

Elle se déplaça pour trouver un meilleur point de vue, quand soudain un crissement lui fit tourner la tête. L'une des voitures engagées, une BMW série 3 dérapa en prenant un virage à la corde. Le pilote fit de son mieux pour la contrôler, mais elle partit en travers de la piste, heurta une bordure avec une telle violence que le conducteur ne put rien faire. La voiture se souleva et retomba sur le toit dans un bruit métallique qui ne laissait rien présager de bon pour son chauffeur. Néanmoins, celui-ci parvint à s'en extraire sans trop de problèmes et salua le public afin de lui signifier qu'il n'était pas blessé.

Peu de temps après, une dépanneuse fit son apparition sur la piste et la jeune femme laissa échapper un juron tandis qu'elle reconnut les inscriptions placardées sur le côté.

— Putain de merde ! Jon !

— Ah ! Tu le connais, s'exclama un jeune homme à côté d'elle.

— Ouais un peu, marmonna la jeune femme. Je vais avoir deux mots à lui dire.

— C'est un chouette type. Il a fait des miracles avec la fourgonnette de mon vieux. Si tu veux le rejoindre, tu n'as qu'à prendre par-derrière là, lui dit-il en désignant les barnums situés en bout de piste.

— Ce sont les stands ?

— T'es jamais venue ici, hein ?

Alix secoua la tête et le gars lui sourit. Avec ses cheveux blonds coiffés en pétard et ses taches de rousseur, il lui faisait penser à un gosse sorti tout droit d'une sitcom des années 90.

Alix le remercia et s'élança dans la direction indiquée. Un vigile tenta de l'empêcher de pénétrer au paddock. Elle essaya de le convaincre de sa bonne foi, mais rien n'y fit. Et elle ne pouvait délibérément compromettre sa couverture en lui dévoilant son identité. Ce ne fut que lorsque Jon passa à sa hauteur qu'elle le héla pour qu'il la fasse entrer.

— Tu ne pilotes pas ? s'écria-t-elle une fois arrivée à ses côtés.

Il l'attira à l'écart de la fourmilière qu'était le paddock et l'entraîna derrière une tente qui abritait un stock impressionnant de matériel.

— Ça te déçoit ?

Jon la dévisagea, essayant d'analyser ses pensées.

— C'est que… Je t'aurais imaginé brûler l'asphalte sous les cris de tes groupies plutôt que les mains dans le cambouis. Après on ne peut pas être doué partout, ajouta Alix avec un sourire.

Touché !

— Hé ! D'abord je t'ai seulement dit que je serai présent, se défendit-il.

— Jon ! Magne-toi, on a besoin de toi sur la piste ! héla une voix de l'autre côté de la tente.

— Attends-moi là, je reviens vite, lança-t-il alors qu'il partait en courant.

Merde ! pensa Alix. *Comment je vais faire maintenant ? Le commandant va me tuer si je ne lui obtiens pas des informations rapidement. J'ai besoin d'entrer au cœur du système si je veux en apprendre plus.*

Tout en regardant d'un œil distrait l'effervescence qui régnait autour des stands, le major Deslino se creusait les méninges. Il était clair qu'elle ne pouvait pas se faire recruter pour ses aptitudes en mécanique et elle n'était pas non plus un as du volant.

Pas évident.

« Jouer les groupies s'il le faut », a dit mon boss. Ça aurait été plus facile si ça avait été Jon la vedette…

Mais après tout, des pilotes chevronnés il y en a plein le stadium. Il y a peut-être moyen de se glisser auprès de l'un d'entre eux…

Alix se rendit compte que les voitures anciennes avaient quitté les stands et s'étaient regroupées sur un parking plus éloigné. Au micro, un animateur annonçait l'arrivée imminente des véhicules grand tourisme, les GT dans le jargon, sous les ovations de la foule. Elle tendit le cou pour essayer de les apercevoir lorsqu'elle repéra l'un des gars qui en avait après Jon au garage.

Mince ! Ce n'est pas le moment de me faire remarquer.

Alors que la jeune femme se dirigeait vers la sortie des stands pour trouver un endroit d'où elle pourrait observer sans crainte, un sifflement parvint à ses oreilles, suivi immédiatement d'une remarque graveleuse :

— Hé beauté ! C'est pas un endroit où traîner, tu risques de te faire rayer la carrosserie.

S'ensuivit un rire gras. Alix lui décocha un regard assassin et s'apprêtait à le remettre à sa place quand un de ses collègues, un grand sec en bras de chemise s'approcha.

— T'es en retard, lança-t-il. Va te préparer avant de rejoindre la ligne de départ.

— Et fissa ! conclut l'autre d'une claque sur ses fesses.

Alix manqua de lui coller une droite, mais une lumière s'alluma dans mon esprit.

— Qu'est-ce qu'il y a ? T'as pas saisi le message de Tony ? continua-t-il.

— Euh, si si, fit-elle en cherchant du regard l'endroit où elle devait se rendre.

— Ah ces gonzesses, elles sont canons, mais elles pigent que dalle, grommela-t-il en tendant le bras.

Alix suivit la direction qu'il indiquait en baissant la tête et entra dans une tente où de jeunes femmes étaient en train de se changer. Shorts riquiquis, pantalons moulants et autres tenues très courtes étaient de la partie.

Eh bien voilà ! Grid girl, c'est parfait. Comme ça, je verrai les pilotes de près.

12

Bon ! Eh bien maintenant je n'ai plus qu'à donner le change. Heureusement que j'ai mis une tenue assez près du corps.

Alix ôta sa veste et demanda à l'une des jeunes femmes où elle pouvait poser ses affaires.

— Y'a pas de vestiaire ici, répondit-elle en mâchouillant vulgairement son chewing-gum, par contre tu peux utiliser le portant là-bas s'il reste de la place. Tu trouveras des cintres dans un sac en plastique en dessous.

Alix la remercia et essaya de se frayer un chemin parmi la vingtaine de grid girls en train de se préparer. Apparemment, le gars des stands avait raison, elle était méga à la bourre.

Qu'à cela ne tienne, elle remonta son t-shirt bleu marine et le noua au-dessus du nombril. Un miroir sur pied avait été placé de l'autre côté de la tente. Elle s'installa devant et se désola devant le travail à accomplir. Elle était loin de ressembler à ces filles perchées sur des talons de quinze centimètres. Néanmoins, Alix n'allait pas se laisser abattre. Elle détacha son chignon et secoua la tête pour laisser glisser ses cheveux qui vinrent balayer le creux de ses reins. Une grid girl s'approcha et ne peut s'empêcher de lâcher un « waouh » admiratif.

— Ils sont magnifiques tes cheveux, dit-elle.

— Merci.

— J'adorerais avoir la même teinte, mais la dernière fois que j'ai demandé du roux à ma coiffeuse je suis sortie couleur carotte, se désola-t-elle. Chez qui tu vas ?

Alix n'eut pas le temps de lui expliquer qu'il s'agissait de sa couleur naturelle et qu'en primaire on la surnommait Fifi Brindassier, qu'une des filles battit le rappel. Blonde, les cheveux coupés au carré, moulée dans une combi-short en cuir, elle paraissait plus âgée que toutes les autres.

— Plus que cinq minutes ! On s'active !

J'imagine que c'est elle la cheffe.

— Fais ch… j'ai oublié mon rouge à lèvres, maugréa Alix en fouillant dans son sac à main.

— Tiens, prends le mien, proposa une jolie brune au teint hâlé.

Alix accepta en la remerciant même si c'était de mauvaise grâce et se dépêcha d'ourler ses lèvres d'un ton outrancier. Avec ses lunettes de soleil dans les cheveux et son foulard jaune noué autour du cou façon hôtesse de l'air, elle ferait illusion. Un dernier coup d'œil dans le miroir...

Parfaite ! Direction la ligne de départ !

Les filles se placèrent en rang devant la tente où la blonde reprit la parole pour leur indiquer leurs places.

— Toi, la nouvelle, lança-t-elle, tu viens d'où ?

— Je me suis fait recruter dans les stands par un certain Tony.

— Ça ne m'étonne pas de lui. T'as déjà été sur la grille avant ?

Alix secoua la tête en espérant ne pas se faire jeter comme une vieille chaussette, mais la cheffe enchaîna.

— Dans ce cas, tu rejoindras la ligne 5 avec Tatiana. Elle va te briefer rapidement et tu feras exactement comme elle.

Alix acquiesça et rejoignit l'intéressée qui lui faisait signe. Par chance, il s'agissait de la jolie brune à qui elle avait emprunté le maquillage.

— Alors c'est ta grande première ! Ça va, pas trop stressée ?

— Un peu, mais j'avais envie de nouveauté, répliqua Alix qui se fondait dans le moule.

— Tu vas voir, c'est super ! Après les courses, on est invité à la soirée en compagnie des pilotes, déclara Tatiana avec des étoiles dans les yeux. Il y en a de très sympas !

Chouette alors ! Combien de mains baladeuses vais-je encore rencontrer ?

Comme Alix ne répondait rien, Tatiana ressentit le besoin de la réconforter.

— T'inquiète pas, ça va bien se passer. Tu n'as qu'à faire comme moi. Souris en toute circonstance — elle s'approcha plus près — et même si un des pilotes te pince les fesses. Ça arrive.

Il n'y a pas qu'eux d'ailleurs, grommela-t-elle intérieurement.

Les grid girls firent leur apparition sous la clameur et les sifflets du public. Comme souvent dans des moments comme celui-ci, Alix se rendit compte que ce n'était peut-être pas la manière la plus appropriée de chercher des informations. L'idée était d'enquêter de manière discrète !

C'est réussi !

Cependant, c'était un bon moyen pour découvrir qui gravitait autour de Carlotti. Et peut-être obtenir des informations grâce à l'un de ses sbires.

Le sourire vissé sur les lèvres, elle remonta la ligne de départ à la suite de ses collègues du jour. Elle en profita pour observer les bolides et leurs pilotes. Du côté des voitures, il n'y avait pas à dire, le spectacle était de toute beauté. Porsche, Corvette, Aston Martin, Alpine… Tous ces véhicules coûtaient au bas mot dans les 60 000 euros. Elle était curieuse de connaître les propriétaires de telles machines. Un plus particulièrement.

Les pilotes eux, étaient égaux à eux même. Si certains étaient affairés à leurs préparatifs, d'autres ne se gênaient pas pour reluquer, confiants de leur position privilégiée. À chaque ligne, Alix serrait un peu plus les dents. Entre commentaires libidineux et sifflets, elle était aux anges !

Lorsqu'elles furent installées sur la cinquième ligne, Tatiana lui expliqua son rôle :

— Alors, ici ça n'a rien à voir avec ce que tu as pu voir pour des courses de formule 1 ou autre, déjà on n'a pas la tenue à l'effigie de la team, mais en plus nos drapeaux représentent uniquement les sponsors. Tu devras t'assurer à ce que son nom soit bien visible. OK ?

Alix acquiesça d'un hochement de tête. Il n'y avait rien de très compliqué non plus.

— Et souris ! répéta-t-elle. On croirait que tu vas à l'échafaud.

C'était un peu ce qu'elle ressentait en cet instant. D'autant plus que « son » pilote n'était pas encore là.

Alix saisit le mât du drapeau et déroula le tissu pour laisser apparaître le nom du sponsor et de la team qu'elle était censée représenter.

Bingo !

Toutes les deux avec Tatiana, elles jouaient les potiches pour l'écurie Carlotti. Alix ne pouvait pas trouver meilleure approche. Une pensée lui traversa l'esprit à la vitesse de la lumière. Mais si l'un des pilotes était l'un des hommes de main ?

Elle réprima un frisson en se disant qu'accoutrée de la sorte, elle ne ressemblait en rien à la cliente du garage.

— Oh ! Mais que vois-je ? lança une voix derrière Alix qui la fit sursauter, mais qu'elle ne reconnaissait que trop.

— Jon ! Qu'est-ce que tu fais là ? demanda-t-elle à mi-voix alors qu'il se positionnait à ses côtés.

— Ce pour quoi je suis venu aujourd'hui, piloter.

— Mais tout à l'heure, s'étrangla Alix.

— Je n'ai jamais dit que je ne courrai pas, tu as mal interprété mes propos.

— C'est pour ça alors que Chloé est venue te voir ce matin…, pensa-t-elle tout haut.

— Oui et non. En fait, je remplace un pilote de la team qui a eu un imprévu. D'habitude, je m'engage sur des courses moins «cotées». Par contre, continua-t-il d'une voix soudain plus rauque, je dois dire que je suis étonné de te trouver là… et ravi aussi. Quand je ne t'ai pas retrouvée aux stands, j'ai cru que tu étais partie.

— J'avais envie de m'amuser un peu, lança la jeune femme avec un sourire en coin.

Tatiana, qui scrutait tous ses faits et gestes pour corriger le moindre défaut, approuva son implication d'un clin d'œil complice tandis que Jon se préparait à s'installer dans la Ford Mustang qu'il devait piloter. Alix ne savait pas ce qui la faisait le plus vibrer en cet instant, l'adrénaline du départ imminent, la magnifique Shelby 500 rouge avec ses bandes blanches caractéristiques, ou le corps de Jon moulé dans sa combinaison ignifugée.

Tatiana lui fit signe de quitter la piste pour le départ.

— Bonne chance, lança Alix alors à Jon en passant près de lui.

De sa main gantée, il la saisit par la taille et planta son

regard émeraude dans le sien. Le contact du cuir sur sa peau dénudée lui donna chaud tout à coup. Machinalement, elle entrouvrit les lèvres, signal que Jon semblait attendre, car il s'en saisit dans un baiser bref, mais intense.

— Moi aussi j'ai envie de m'amuser, déclara-t-il en la relâchant pour monter dans son véhicule.

À cet instant, Alix ne touchait plus terre.

Ressaisis-toi ma vieille !

13

Après la course, Jon fut accaparé par le staff de la team Carlotti. Bien qu'en mauvaise posture durant la première partie de la compétition, sa dextérité au volant alliée à la puissance de la Shelby lui avait permis de remonter les concurrents un à un.

Après un virage à gauche en pleine accélération, Jon avait réussi à maintenir sa trajectoire alors que le leader avait commis une petite faute qui lui avait fait mordre dans l'herbe, faisant perdre quelques précieux dixièmes à la Nissan GTR. Elle était pourtant alimentée par un moteur six cylindres de 550 chevaux contrairement à la Ford Mustang qui affichait dix chevaux de moins sous le capot, d'après le commentateur du stadium.

Malheureusement, Jon n'avait rien pu faire contre la puissance de son adversaire qui avait remis les gaz à fond en sortie de chicane et avait su maintenir la distance jusqu'à la ligne d'arrivée. Néanmoins, Jon avait fini second, ce qui relevait de l'exploit pour un pilote amateur.

Pendant le temps du débriefing, Tatiana entraîna Alix vers leurs vestiaires improvisés pour récupérer leurs affaires.

— Bah, dis donc, t'as pas perdu de temps, déclara-t-elle. À peine arrivée et tu as déjà conquis un pilote.

Alix l'observa un brin amusée.

— Tu sais, on se connaît un peu avec Jon.

— Ah oui ! C'est du sérieux alors !

— Hum, non ce n'est pas ce que je veux dire. On s'est croisé par hasard ce week-end puis il a remorqué ma voiture en panne.

— Et maintenant, tu viens le soutenir sur l'une de ses courses. Moi je dis que vous vous cherchez.

— Mais non, ça ne veut rien dire, rétorqua Alix, même si intérieurement leurs différents échanges l'émoustillaient un peu.

À bien y réfléchir, ça ne pouvait pas lui faire du mal de lâcher prise, clama sa petite voix intérieure, tandis que sa raison lui rappelait qu'elle avait une mission à mener à bien.

Alix éluda ce dialogue interne d'un haussement d'épaules. Prendre du bon temps, OK, mais pas en mission lui dirait son supérieur. Elle récupéra sa veste et son sac à main puis accompagna Tatiana vers la salle de réception située à l'extrémité du stadium, où on les attendait pour un cocktail dînatoire.

Alix aurait préféré aller se changer avant, mais Tatiana lui expliqua que les pilotes adoraient les voir dans leurs « uniformes » et que ça facilitait la prise de contact.

Alix ne pouvait que la croire puisque sa collègue du jour était en quelque sorte son laissez-passer pour approcher sans en avoir l'air l'entourage de Carlotti.

— Viens, suis-moi, dit Tatiana, allons prendre un cocktail avant que tous les pique-assiettes se jettent sur le buffet.

— OK, répondit Alix avec un sourire.

Elle regrettait presque de devoir se servir de sa collègue. Elle avait l'air d'être une jeune femme vraiment sympathique. Tatiana lui demanda ce qu'elle désirait parmi la multitude de verres disposés sur la table.

— Je prendrai une coupe de champagne, s'il te plaît.

— Bon choix, renchérit-elle. Et ici, ils ne te serviront pas un infâme vin pétillant de supermarché.

— Ça fait longtemps que tu travailles comme grid girl ? s'enquit Alix pour meubler la conversation.

— Six mois seulement, j'ai trouvé cette opportunité quand je suis rentrée dans la région.

— Tu as une autre activité, j'imagine ? Les courses n'ont lieu que le week-end.

Tandis que Tatiana expliquait qu'elle suivait des études de sociologie dans la région rouennaise, Alix observait discrètement l'assemblée à la recherche d'indices qui lui permettraient d'identifier les soutiens potentiels de sa cible.

Elle nota mentalement l'arrivée de Tony, le type grâce à qui elle venait de faire ses débuts sur la grille. Il était en train de discuter avec Corsi, l'un des hommes de main de Carlotti. Elle ne savait pas de quoi ils parlaient, mais à sa façon de froncer les sourcils, le major devinait que la nouvelle était déplaisante.

Tout en l'écoutant, Alix entraîna Tatiana dans la salle sous prétexte de ne pas se voir transformées en pilier de bar. Elle avait bon espoir de pouvoir capter un peu leur conversation. Toutefois, avec son acolyte qui monopolisait la conversation, et qui expliquait maintenant qu'elle devait revenir chaque week-end chez ses parents depuis que son petit-ami l'avait plaquée, Alix ne put rien saisir de ce que racontaient les deux hommes derrière elles.

Par dépit, la jeune femme saisit une nouvelle coupe de champagne sur le plateau qu'un serveur tendait dans leur direction et manqua de s'étrangler alors que Carlotti fit son entrée dans la salle de réception. Il était accompagné par une partie du staff technique. Manque de bol, Jon et Chloé faisaient partie de sa suite. Son ancienne amie était accrochée au bras du pilote telle une sangsue et arborait un sourire victorieux.

— Ça va ? demanda Tatiana.

— Oui… une bulle de travers, déclara Alix sans conviction.

En même temps, comment l'être lorsque l'objet de sa présence ici se dirigeait droit vers elle ?

— Tatiana, déclara Carlotti d'une voix suave. — *Un homme ténébreux, vêtu à la dernière mode, et qui plus est richissime, tu m'étonnes qu'elles tombent toutes comme des mouches !* — Comment vas-tu ? Et qui est cette charmante demoiselle à tes côtés ?

— Voici Alix, répondit-elle, une nouvelle recrue de Tony pour la grille de départ.

— Hum, il a fait un très bon choix. Enchanté Alix, continua-t-il en lui tendant la main, j'espère que vous avez apprécié la course.

— Merci Monsieur Carlotti, répondit-elle d'un ton un peu trop assuré pour une nouvelle. Cela a été une expérience incroyable, conclut-elle en observant le sourire de Chloé se crisper lorsqu'elle se rendit compte de sa présence.

— Giorgio, je vous prie. J'espère que vous resterez à notre petite soirée. Je mets un point d'honneur à faire connaissance avec chaque nouvelle recrue.

Jon lui lança un regard qui signifiait clairement «Même pas en rêve !», qu'Alix choisit d'ignorer.

— Avec plaisir Giorgio, dit-elle en insistant bien sur son prénom.

Il la gratifia d'un sourire entendu avant de s'éloigner pour saluer les autres personnes présentes. Jon, toujours accaparé par Chloé qui apparemment s'était donné pour mission de le chaperonner, lui jeta un coup d'œil interrogateur.

— Waouh ! Tu lui as tapé dans l'œil, déclara Tatiana. Quasiment personne ne l'appelle par son prénom.

Ah oui ? Moi qui devais me rapprocher, alors je peux dire que je viens de faire un bond en avant.

14

Jon

À peine la course terminée, tout s'était enchaîné à une vitesse folle pour Jon. Il n'avait même pas eu le temps de savourer sa bonne performance que le directeur technique de la team Carlotti était venu le chercher en personne. Le patron voulait le voir tout de suite pour le féliciter. Et quand il désirait quelque chose, il ne valait mieux pas le contrarier.

Jon obtempéra et accompagna Tony vers un bureau situé dans le bâtiment principal du stadium. À l'intérieur se trouvait Carlotti accompagné de Corsi. Le directeur de l'équipe était assis derrière un bureau en bois d'acajou et se comportait comme s'il se trouvait en terrain conquis. Il releva la tête et arbora un franc sourire dès que Jon fit son entrée.

— Ah ! Jonathan ! Entre donc. Tu as fait une course de toute beauté. Il ne s'en est fallu que d'un cheveu pour que tu la remportes. Bravo ! Mon intuition est bien confirmée.

— Merci monsieur, répondit le pilote. J'ai eu beaucoup de chance de pouvoir conduire une voiture aussi puissante. Si un jour vous avez encore besoin d'un remplaçant…

— Justement, le coupa l'industriel. Vu tes capacités, je me demandais si tu serais prêt à piloter pour moi de façon, disons plus régulière.

— Ce serait un honneur, répondit Jon avec enthousiasme. Il faudrait juste que je puisse m'organiser avec le garage, je travaille tout seul, mais vous devez déjà le savoir, continua-t-il en regardant Corsi qui esquissa un rictus à son attention.

— Vu le nombre de tes clients, ça ne devrait pas poser problème de fermer ton garage un peu plus.

— Répète ça ! grogna Jonathan.

— Bruno, ce n'est pas très fair-play de rappeler à notre invité ses problèmes financiers, trancha Carlotti. Va donc prévenir Tony de notre arrivée.

Carlotti se leva de son fauteuil en cuir, s'approcha du pilote et lui posa une main amicale sur l'épaule.

— J'ai eu vent de tes soucis avec les traites de ton crédit.

Jon se raidit instantanément.

— Mais n'aie crainte, continua le magnat du verre, cela arrive à tout le monde une mauvaise passe. Il suffit de faire les bons choix pour que tout rentre dans l'ordre.

Le ton paternaliste de Carlotti ne l'enchantait guère. Mais avait-il vraiment le choix ?

— Que proposez-vous ?

— Un autre type de course, mais qui cette fois te permettra de remonter la pente.

— C'est illégal ?

— Tout de suite les grands mots ! Si tu mets tout ton savoir-faire à piloter pour moi comme tu l'as fait aujourd'hui sur le circuit, tu n'as rien à craindre.

Étrangement, Jon se doutait que si le patron l'avait fait appeler, ça ne pouvait pas tourner autrement. En même temps, il n'avait pas vraiment le choix. Son garage vivotait depuis trop longtemps déjà et il n'arrivait pas à rembourser son crédit.

Alors, les épaules basses, il demanda :

— Qu'est-ce que je dois faire ? demanda-t-il sans se douter réellement dans quel bourbier il venait de mettre les pieds.

***

Quelques instants plus tard, il était contraint d'assister aux mondanités qui achevaient une journée de courses. Une corvée dont il se serait bien passé d'autant plus que Chloé l'attendait.

L'assistante du magnat industriel le félicita pour sa « belle » course et lui expliqua le déroulé de la soirée.

— D'abord, on va, avec Monsieur Carlotti, faire le tour des différentes teams concurrentes pour les remercier de leur venue au stadium et le cas échéant, les féliciter de leurs performances. Puis nous irons te présenter aux différents sponsors. Ensuite le cocktail dînatoire se prolongera par une soirée animée par Martin Vegas ! On a eu une chance folle de l'avoir avec nous ce soir. Il est tellement demandé !

— Oh, tu sais, c'est pas trop mon truc les soirées mondaines, alors ton Martin je-ne-sais-quoi, commença Jon en espérant pouvoir s'extirper de ce mauvais plan.

— Monsieur Carlotti tient à ce que son nouveau poulain soit présent, rétorqua Chloé avant d'ajouter d'un air malicieux, mais ne t'inquiètes pas, je vais rester avec toi toute la soirée comme ça tu te sentiras plus à l'aise.

Ils traversèrent le couloir qui les menait à la salle de réception. Jon se dit heureusement qu'il avait eu le temps de se changer, car il ne se voyait pas passer la soirée en combinaison de pilote. Toutefois, jean et t-shirt ce n'est peut-être pas le code vestimentaire approprié quand il voyait le costume rayé du patron. *J'imagine qu'il provient d'une grande marque,* pensa-t-il, *le genre de truc que je ne pourrais jamais me payer… Sauf si je bosse pour Carlotti.*

Ils franchirent la double porte battante et pénétrèrent dans l'arène. Son cœur battait la chamade à l'idée d'être jeté en pâture de la sorte. Il était tellement plus à l'aise sur un circuit. Mais son regard fut irrémédiablement attiré vers elle.

Putain ! Je l'avais presque oubliée après l'euphorie de la course et la convocation dans le bureau de Carlotti.

Elle manqua de s'étrangler en le découvrant au bras de Chloé. Mais comment allait-il faire pour se sortir de ce pétrin ? En plus maintenant, il était lié à l'industriel ; il ne faudrait pas que ses affaires lui nuisent à elle. Et pourtant, il ne pouvait pas s'empêcher d'admirer son corps parfait, magnifiquement mis en valeur par sa tenue — pas des plus adaptée à la grille de départ — mais elle avait joué le jeu à la perfection.

D'ailleurs, pourquoi a-t-elle fait ça ? Pour moi ? Non, elle ne savait pas que je piloterais. Alors ?

Carlotti semblait se diriger droit vers elle. Même s'il discutait avec l'autre grid girl, l'industriel n'en avait que pour Alix. Il lui proposa même de participer à la soirée !

Jon sentit Chloé se raidir instantanément et resserrer sa prise sur son bras. Le pilote cherchait Alix du regard et lorsqu'il l'accrocha enfin, il essaya de lui faire comprendre de ne pas accepter la proposition de Carlotti. Elle ne savait pas dans quoi elle mettait les pieds !

Cette fille n'est pas possible ! se dit-il.

Il semblait qu'elle voulait lui tenir tête, car elle accepta l'invitation. Même s'il trouvait cela totalement insensé, Jon ne put s'empêcher d'aimer ça.

Putain, cette nana, c'est une bombe à retardement !

15

Lorsque la musique *lounge* laissa la place à un morceau plus entraînant, la salle de réception se transforma en piste de danse. Petit à petit, les corps se mirent à se trémousser nonchalamment, les conversations s'animèrent, les verres se remplirent et se vidèrent avec une frénésie grandissante à mesure que le DJ enchaînait les tubes électros du moment.

Tatiana venait de l'abandonner pour se déhancher en compagnie du second pilote de la team Carlotti. Un beau blond aux yeux noisette du nom de Maxime. Alix les observa le sourire aux lèvres tandis qu'ils se rapprochaient au cours d'une parade lascive qui laissait présager que la soirée allait se prolonger bien au-delà de cette petite fête.

Sa réflexion fut soudain interrompue par l'intrusion de Corsi dans son champ de vision. À la façon dont il la regardait, elle comprit qu'il l'avait reconnue. Le visage fermé, il se dirigea vers elle.

— Monsieur Carlotti voudrait s'entretenir avec toi, déclara-t-il.

— Ah oui ? fit-elle en feignant l'ignorance. Qu'est-ce qu'il me veut ?

— Tu verras bien. Suis-moi !

Alix lança un regard à travers la salle dans l'espoir de retrouver Tatiana et l'embarquer avec elle, mais elle et son cavalier avaient disparu.

À mon avis, ils ont eu une folle envie de passer au dessert avant la fin de la soirée, pensa-t-elle.

— Si tu cherches ton copain Jon, il est déjà pris, rétorqua l'homme de main de l'industriel avec un ton maussade.

Tandis qu'Alix le suivait à travers la salle, ses pensées s'en donnaient à cœur joie.

Occupé ? Bien sûr avec Chloé ! Je suis surprise de leur proximité, mais en même temps j'ai quitté le secteur depuis si longtemps. Peut-être se fréquentent-ils après tout ? Et si tel est le cas, je peux comprendre que Chloé n'apprécie pas qu'il me tourne autour. Oui, mais ce baiser sur la ligne de départ ? Elle aurait dû être là, non ?

Au fond de la salle, à l'opposé de la scène où se produisait le DJ adulé du moment, des petits groupes s'étaient formés pour s'éloigner des enceintes et discuter plus aisément. Des banquettes en simili cuir garnies de coussins gris et blancs avaient été disposées à proximité du bar où un barman jonglait avec ses préparations de cocktails sous le regard admiratif des consommateurs.

Corsi la précéda vers un sofa à l'écart où Carlotti était installé avec Tony son directeur de courses et deux autres personnes qu'elle n'avait pas vues auparavant. Entre trente-cinq et quarante ans, chemises blanches cintrées sur pantalon de costume ajusté, elle opterait pour des hommes d'affaires.

Lorsqu'il l'aperçut, l'industriel dévoila dans un large sourire une rangée de dents éclatantes. D'un signe de la main, il appela deux jeunes filles qui se hâtèrent de conclure leurs conversations pour le rejoindre.

— Mesdemoiselles, pourriez-vous s'il vous plait, accompagner mes hôtes vers la piste ? — puis en se tournant vers les *businessmen* — Messieurs, on s'appelle prochainement pour finaliser le projet.

Mais déjà les deux femmes qu'elle avait croisées tout à l'heure sur la grille de départ entraînaient par la main en riant les deux hommes qui ne se firent pas prier. Tony, quant à lui, n'attendit pas que son patron le lui demande et s'esquiva discrètement.

De grid girl à escort, il n'y a qu'un pas, pensa-t-elle.

— Alix ! Ma chère ! Je suis ravi que vous ayez accepté mon invitation.

— Votre ami a été très persuasif, lança-t-elle sans qu'il relève la remarque.

— J'ai cru comprendre que vous êtes une « bonne » amie de Jonathan, renchérit-il alors qu'il tapotait doucement le siège pour qu'elle s'y installe.

— C'est une de mes connaissances, oui, répondit la jeune femme en se glissant à ses côtés, le cœur battant.

Tandis que l'industriel se lançait dans un monologue expliquant à quel point il se sentait en veine d'avoir recruté Jon pour remplacer son pilote indisponible au pied levé, que son intuition avait payé et qu'il pensait le réengager au sein de sa team, Carlotti servit une coupe de ce délicieux champagne qu'elle avait eu l'occasion de déguster auparavant.

— Et qu'est-ce qui vous a amenée à faire partie des hôtesses du stadium ? s'enquit-il.

— Un parfait hasard ! confessa Alix dans un sourire. Voyez-vous, je suis de passage dans la région et quand Jon m'a proposé de le rejoindre ici, j'ai accepté, histoire de rompre l'ennui. Puis, alors que je l'attendais dans le paddock, votre directeur de courses m'a prise pour l'une des grid girls.

— Pourquoi ne pas lui avoir dit qui vous étiez ?

— Je ne connaissais pas cet univers et puis j'ai trouvé ça plutôt drôle.

Carlotti leva un sourcil stupéfait puis lui lança un rictus narquois.

— Vous n'avez pourtant pas l'air de vous amuser, Alix.

— Qu'est-ce qui vous fait dire ça ? rétorqua-t-elle, estomaquée.

— Je vous observe depuis tout à l'heure, continua-t-il. Vous n'avez pas pris part à la fête.

Je t'observe, tu m'observes… Qu'est-ce que tu cherches, Carlotti ?

— Eh bien, à part Jon et Tatiana, je ne connais personne ici.

— Et une jolie fille comme vous préfère rester dans son coin ? Ces messieurs ne demandent qu'à faire votre connaissance.

— Je suis un peu timide, rétorqua-t-elle le faisant une nouvelle fois sourire, dévoilant de petites rides autour de ses yeux marron dans lesquels brillaient de subtils éclats noisette.

Elle ne savait pas si c'étaient les bulles ou bien son charme italien, mais son regard intense brûlait sa peau à mesure qu'il s'y attardait.

— Vous rougissez Alix, est-ce moi qui vous trouble ? murmura-t-il à son oreille alors qu'il s'était approché sans qu'elle s'en aperçoive.

— Ce doit être le champagne, répondit-elle en posant sa coupe. J'ai un peu abusé.

— Au contraire, profitez-en, si cela vous détend.

— Je préfère être en pleine possession de mes moyens, rétorqua-t-elle en se redressant.

Elle en profita pour s'écarter un peu ce qui déclencha un froncement de sourcil chez son hôte. Peut-être n'appréciait-il pas qu'elle lui résiste, mais elle n'allait quand même pas se jeter dans ses bras pour obtenir des informations sur ce qu'il trafiquait.

— Vous semblez bien pensive, reprit-il en effleurant son bras du bout des doigts.

— C'est que… je me demandais ce qui vous avait poussé à vous lancer dans la course automobile. C'est à mille lieues de l'univers verrier.

L'industriel se raidit et marqua un temps de réflexion avant de répondre.

— Vous semblez bien informée, dit-il en se frottant la barbe.

— Je me suis peut-être éloignée de la région, mais je n'en connais pas moins les personnalités les plus influentes, Monsieur Carlotti.

Touché ! Ouf, ma voix n'a pas tremblé une seule seconde, se rassura la jeune femme alors qu'elle jouait avec le feu.

Sa cible se détendit aussitôt.

— C'est un sport qui draine pas mal d'argent et qui attire les investisseurs. Quel bon moyen de joindre l'utile à l'agréable, n'est-ce pas ? Vous devez savoir ça Alix. N'est-ce pas comme ça que l'on procède dans l'industrie du luxe ?

— Vous êtes bien renseigné, Monsieur…

— Appelez-moi Giorgio.

— Giorgio.

— Il me plaît à connaître chacune de mes recrues, je vous l'ai dit, et même si cela n'est que temporaire.

Hum, je vais devoir la jouer fine avec lui, et penser à remercier Will pour avoir créé mon profil professionnel sur Internet.

Combien de temps restez-vous dans notre belle région ?

— Le temps que Jon répare ma voiture, je repars ensuite.

Un nouveau rictus éclaira son visage.

— Alors, il n'y a rien de sérieux entre vous ?

— Je vous l'ai dit, Giorgio, c'est juste une connaissance.

Bizarrement, ce fut au moment où elle formula cette affirmation qu'elle eut l'impression qu'on l'observait. Lorsqu'elle releva la tête, Jon était là, le visage fermé. Depuis combien de temps était-il revenu ? Il semblait que Giorgio Carlotti avait réussi à la détourner de son objectif premier, à savoir être attentive à tout ce qui l'entourait.

Sa petite voix intérieure s'insurgea. *Je ne serais jamais une bonne enquêtrice si je me laisse distraire de la sorte !*

S'excusant auprès de Carlotti, qui la laissa partir, non sans lui avoir promis de venir lui rendre visite — si jamais l'envie de découvrir le flaconnage de luxe et le point de vue créatif des produits qu'elle commercialisait l'intéressait — la jeune femme se leva pour rejoindre Jon.

— Où étais-tu passé ? s'enquit-elle.

— Comme si tu t'en souciais, grogna-t-il. Tu as l'air de passer du bon temps.

— Ce n'est pas l'heure de faire une scène de jalousie.

— Je ne suis pas jaloux ! s'enflamma-t-il. Je pense juste que tu devrais te méfier de tes fréquentations.

— Tu peux bien parler, lâcha-t-elle, agacée.

— Qu'est-ce que tu veux dire ?

— Tu le sais très bien, éluda-t-elle.

Alors qu'elle s'apprêtait à rebrousser chemin vers la sortie, Jon, croyant qu'elle retournait s'asseoir avec l'industriel, secoua la tête avant de continuer.

— Méfie-toi de Carlotti. Ce n'est pas un type fréquentable.

— Lui, au moins, ne m'a pas plantée après la course, pour se pavaner au bras de Chloé, rétorqua Alix.

— Qui est jaloux, maintenant ?

La jeune femme leva les yeux au ciel tant il l'exaspérait.

— Tu aurais dû jouer franc jeu avec moi. Ce baiser tout à l'heure…

— Il n'y a rien entre elle et moi !

— Ce n'est pas à moi qu'il faut le dire dans ce cas, déclara-t-elle en levant le menton. On dirait qu'elle t'attend.

Jon se retourna et se rendit compte que la jeune femme les observait depuis la scène où elle avait rejoint le DJ. Même si elle était loin d'eux, Alix aurait juré qu'elle était verte de rage.

— Alix...

Ils furent interrompus par l'un des pilotes adverses.

— Hé, mec ! Il te les faut toutes ! lança-t-il avec une articulation hasardeuse, laissant entendre qu'il avait trop abusé de la boisson. Garde des forces pour demain… ou plutôt non ! Vas-y, donne tout ce soir, comme ça demain, je te fume sur la ligne !

Il lui asséna une tape dans le dos et se dirigea vers un autre groupe pour discuter.

— De quoi il parle ?

— Rien d'important.

— Et c'est moi qui dois me méfier de mes fréquentations ! Tu te fous vraiment de moi-là ! lança-t-elle courroucée.

Alix secoua la tête. Il tenta de la retenir, mais elle retira sa main. Elle ne savait pas ce qu'elle devait croire. Il lui cachait quelque chose, c'était certain. Il était tard, et son esprit s'embrouillait.

— Laisse tomber, déclara-t-elle seulement en s'échappant.

— Alix, attends !

Elle songea un instant à faire demi-tour, peut-être était-il décidé à lui donner des explications, mais déjà Chloé arrivait dans sa direction. Elle avait visiblement l'air très contrariée. À quoi bon rester pour observer leur petit manège ? D'autant plus que non loin de là, le pilote alcoolisé se dirigeait en titubant vers la porte.

— Hé ! lui lança-t-elle, ça va ?

— Oh, oui ! Très bien, maintenant que tu es là ! déclara-t-il à grand renfort de gestes incontrôlés, envoyant des remugles d'alcool et de sueur mélangés vers Alix.

Putain, il empeste !

— Tu as parlé d'une course demain. Tu peux me dire où c'est ?

— Normalement, j'ai pas le droit, dit-il en s'appuyant sur le chambranle de la porte. C'est en quelque sorte privé.

— Ah ! fit Alix d'une voix faussement déçue. C'est que… j'aurais bien voulu venir t'encourager.

— Bah, t'es pas la groupie de Jon ?

— Il m'a planté pour l'autre blonde, mentit-elle à demi.

Le pilote, se sentant en veine, lui donna le lieu et l'heure du rassemblement avant de lui proposer de finir la soirée en sa compagnie.

— Je vais devoir décliner, mon chou. Tu vas avoir besoin de forces pour demain, déclara-t-elle avec un sourire en coin, avant de se diriger vers le parking.

16

Sur la route, Alix décida de faire une halte avant d'être trop éloignée de la ville. Elle stationna sur le bas-côté et éteignit ses phares. Il faisait nuit noire et aucune voiture ne circulait à l'horizon.

Après une brève vérification sur son mobile, elle captait suffisamment de réseau pour passer un appel. La voix de l'autre côté semblait étouffée, comme endormie.

— Je te réveille ?

— Pas de problème, parle.

Elle fit son rapport au commandant qui l'écouta d'une oreille attentive.

— Pour finir, j'ai appris qu'une autre course aura lieu demain, clandestine cette fois.

— Et tu crois que Carlotti sera de la partie ?

— Je n'en ai aucune idée. Il parlait d'un projet avec ses « investisseurs », mais je n'ai pas pu en savoir plus.

— Envoie un portrait-robot dès que tu le peux au lieutenant Brady. C'est déjà bien d'avoir pu approcher Carlotti. Si tu es dans ses petits papiers, ça n'en sera que plus facile. Mais prends garde, ce genre d'individu n'apprécie pas les entourloupes. S'il perce à jour ta couverture, je ne pourrai pas grand-chose pour toi.

— J'en ai conscience.

— Une dernière chose : tu es toujours certaine que ton garagiste est blanc comme neige ?

— Je ne sais plus... on s'est un peu embrouillés.

— Eh bien, je te conseille de vous rabibocher si tu veux rester crédible dans ton rôle, souffla-t-il avant de raccrocher.

17

Le lendemain matin, Alix se leva sans grande conviction. Elle erra comme une âme en peine entre la cuisine et le salon où elle se recroquevilla dans le fauteuil de son père, un plaid sur les genoux.

Elle songea à la journée de la veille. Que lui avait-elle apporté hormis de nouvelles questions ?

Bien sûr, elle savourait une petite victoire d'avoir réussi à approcher Carlotti et qu'il veuille la revoir. Mais, elle avait au fond d'elle-même un sentiment étrange, une boule qui se formait dans son cœur quand elle repensait au comportement de Jon. Que cherchait-il au juste ? Que ce fût dans sa relation avec Carlotti ou dans son attitude envers elle, Alix n'arrivait pas à percer son mystère. Il était tout à la fois, charmant, sympathique, aventurier, mais aussi agaçant et imbu de lui-même.

La jeune femme avait besoin de creuser pour avoir toutes les cartes en main avant la course du soir. Elle décida donc d'appeler Julie afin de lui proposer de la retrouver en ville.

***

Lorsqu'Alix arriva à Eu, au point de rendez-vous, place Guillaume le Conquérant, Julie l'attendait déjà devant la collégiale.

— Je te croyais repartie ! dit-elle quand elle parvint à son niveau.

— Une panne de voiture, du coup j'ai dû décaler mon départ le temps que Jon puisse réparer.

Elle ne dit rien, mais Alix vit à son regard qui s'illuminait qu'elle mourrait d'envie de lui poser mille questions. Les deux amies s'installèrent sous la verrière du Victoria's, un bar-brasserie où elles se retrouvaient régulièrement à l'époque du lycée. L'endroit tirait son nom de la reine d'Angleterre éponyme qui appréciait la cité et qui y avait séjourné à deux reprises entre 1843 et 1845.

— Je suis ravie que tu m'aies appelée, reprit Julie après que la patronne, une grande blonde aux cheveux permanentés, eut pris les commandes.

— Eh bien, vu que je suis coincée ici quelques jours, je me suis dit que nous pouvions en profiter.

Son amie acquiesça puis un sourire naquit sur ses lèvres.

— Alors comme ça Jonathan et toi vous êtes revus !

Alix lui expliqua alors la mésaventure qui l'avait obligée à repousser son exil, sans entrer dans les détails de sa mission bien sûr et elle s'apprêtait à la questionner sur la vie du garagiste lorsque la gérante les interrompit.

— Excusez-moi de vous demander cela, dit-elle alors qu'elle déposait les tasses sur la table, mais vous n'étiez pas au départ du championnat GT hier au stadium d'Abbeville ?

Alix déglutit difficilement. Julie, elle, la regarda avec un air étonné.

— En effet, comment le savez-vous ?

— C'est mon fils qui vient de m'en parler, répondit-elle en désignant un grand gaillard rougissant de l'autre côté du bar, il vous a reconnue quand vous êtes entrée.

— Ah ! s'écria Alix, il assistait aux courses ?

— Non, il vous a vu à la télé.

— À la télé ! répétèrent les filles en chœur.

— Oui, sur France 3 Picardie. Ils ont réalisé un reportage sur la course et ils ont filmé la grille de départ. Je crois bien que mon fils a eu un petit faible pour vous. Il n'arrête pas de se repasser la séquence, continua-t-elle en riant, alors que ce dernier levait les yeux au plafond.

— Maman ! lança-t-il, l'air gêné.

— Ah ! fit Alix abasourdie. Je n'ai rien fait d'extraordinaire.

— Je me doute, mais il est dans un âge où voir de jeunes femmes en tenues, hum comment dire… prêt du corps… ça le chatouille un peu, hein. Vous comprenez ? continua-t-elle.

Alix éclata d'un rire confus. *Qui était gênée maintenant ?* Elle ne comprenait pas vraiment pourquoi la patronne lui faisait cette réflexion. Était-ce pour meubler la conversation ou pour lui faire comprendre que ce n'était pas une place pour une femme de son âge ? En tous cas, dans son désir de bien faire, elle avait joyeusement mis les pieds dans le plat.

— Je serais curieuse de voir ça, décréta Julie. On peut revoir ce reportage ?

— Oui, bien sûr, répondit la gérante, le replay est accessible sur le site de la chaîne.

Les deux amies la remercièrent avant qu'elle ne retourne derrière son bar.

On avait dit discrétion, non ? Et voilà que j'ai totalement fait abstraction des médias. En même temps, j'ai été prise de court et je ne me suis pas renseignée sur l'intérêt d'une telle course auprès de la population locale.

— Dis donc Alix, tu as fait bien plus que seulement tomber en panne, rétorqua Julie, amusée. Et ne me dis pas que tu es allée là-bas par hasard. Surtout pour te retrouver sur la grille.

La jeune femme concéda d'un hochement de tête. Elle fut donc obligée de lui raconter son entrevue avec Jon au garage, l'arrivée de Chloé qui leur avait piqué une colère et l'invitation au stadium jusqu'à son recrutement totalement imprévu par le directeur de course de Carlotti.

— Eh bien, ma vieille ! Tu déchaînes le hasard ! Qu'est-ce qui t'a fait accepter l'invitation ?

— Du temps à tuer ! lança-t-elle tout de go. Et puis je trouvais amusant de le taquiner un peu après la scène qu'il m'a jouée au club l'autre soir.

— C'est vrai que c'était chaud. Il t'a encore draguée ? s'enquit Julie.

— Mieux, il m'a embrassée avant le départ.

— Oh ! s'exclama Julie des étoiles dans les yeux. — Elle se pencha vers l'avant avant de demander — Et ensuite ?

— Ensuite rien ! bougonna Alix. Chloé l'a alpaguée toute la soirée.

— Tu crois qu'ils sont ensemble ?

— Je n'en ai aucune idée. Lui me dit qu'il n'y a rien entre eux, mais quand je vois la façon dont elle me regardait… Elle aurait pu me mitrailler sur place. Je me demandais justement si tu savais quelque chose.

Julie secoua la tête au grand désespoir de son amie.

— Non ma belle, je ne l'avais pas revue avant notre soirée. Chloé ne fréquente plus le même milieu que nous depuis qu'elle travaille chez Carlotti.

— Ah oui ?

— Du jour au lendemain, elle a coupé les ponts. Trop occupée soi-disant à s'occuper des soirées et autres événements du groupe industriel.

— Hum, je vois. Et du côté de Jonathan, tu ne lui connais pas de petite-amie ?

— Non, pas de récente en tous cas, mais s'il pilote pour la team Carlotti maintenant, les filles ne vont pas tarder à se bousculer devant le garage, si tu vois ce que je veux dire. Surtout qu'il est plutôt bien foutu.

— Ça, c'est sûr ! opina Alix en repensant à son torse musclé et luisant penché sur le capot de sa Fiat 500.

— Mais dis-moi, tu craques vraiment pour lui !

La jeune femme se pencha par-dessus la table de bistrot pour la mettre dans la confidence.

— J'avoue que quelques pensées un peu osées m'ont récemment traversé l'esprit.

Elles éclatèrent de rire en même temps. Formuler à voix haute ses pensées secrètes n'était pas dans ses habitudes, mais Alix appréciait réellement ce moment de révélations avec sa vieille amie. C'est là qu'elle s'aperçut que la solitude commençait à lui peser. Et ce même si elle avait une vie très active.

18

22 h 30.

Alix arriva au point de rendez-vous. Un parking de supermarché en périphérie des trois Villes-Sœurs[6]. Il y avait foule. Des voitures étaient alignées les unes à côté des autres comme si c'était le jour des soldes.

Apparemment, les runs sauvages attiraient les amateurs de moteurs rugissants. L'avant-course ressemblait à un rassemblement de fans de tuning. Parfois, ils étaient même venus en famille. À ceci près que les véhicules présentés avaient subi pour plusieurs dizaines de milliers d'euros de transformations. On était loin, très loin même des bricolages maison réalisés par des amateurs le dimanche dans le garage familial.

De ce qu'elle voyait ce soir, l'esthétique était prépondérante. Les propriétaires avaient bichonné leur «bébé» avec une infinie précaution. Les peintures flamboyantes brillaient de mille feux, telles les facettes des joyaux les plus fastueux. De leurs mains habiles et expertes, les pilotes en caressaient les courbes agressives dans un signe de possession.

Mais ces voitures n'étaient pas seulement à considérer du point de vue de leur beauté plastique. Dès lors que les ca-

6 Villes-Sœurs : surnom donné aux villes de Eu, du Tréport situées en Seine-Maritime et de Mers-les-Bains dans la Somme du fait de leur proximité géographique.

pots étaient relevés, ces demoiselles laissaient dévoiler leurs charmes. Et pour sûr, elles savaient y faire. Ces messieurs, les visiteurs, étaient irrémédiablement attirés. On aurait dit des abeilles autour d'un pot de miel. Et les discussions allaient bon train : on y parlait de performance, de modification d'embrayage, de système de freinage, de moteurs, et… de système nitro !

Merde ! Ils ne rigolent pas les gars !

Alix jeta un coup d'œil de loin pour repérer les participants. Les pilotes étaient adulés comme des dieux vivants. Les groupies ne manquaient pas. Elle reconnut quelques-unes des grid girls et se dit qu'elle avait bien fait de demander à Julie de l'accompagner dans une boutique pour acheter une tenue plus adéquate pour ce soir. Elle en avait profité pour acheter deux autres pantalons, quelques hauts et des sous-vêtements. Alix ne pouvait décemment pas mettre les mêmes fringues que la veille. Et vu qu'elle n'était à la base descendue que pour le week-end, elle avait vite fait le tour de son sac de voyage. Pour le reste, ses Doc Martens lui convenaient très bien ; elle n'était pas fan des hauts talons.

La jeune femme avait donc opté pour une mini jupe en coton noir et un crop top orné de dentelle rouge sous sa veste de cuir. *Il fallait bien se fondre dans le moule.* Elle avait choisi de détacher ses cheveux, comme la veille. Et d'après Julie, son look ferait bander un eunuque.

Plus elle approchait de la zone de présentation et plus elle sentait le poids des regards glisser sur son dos et s'arrêter sur ses fesses.

Dieu merci, je m'entretiens régulièrement à la salle de sport !

Alix se dirigea droit vers un attroupement de fans de courses et y reconnut quelques pilotes. Jonathan se trouvait parmi eux.

— Putain les mecs, je me sens en vaine, elle est pour moi ce soir !

— Tu peux rêver mon gars ! Je vais te fumer !

— Ouais c'est ça, c'est pas moi qui vais rentrer pleurer dans mon garage, hein le mécano !

L'objet de leurs diatribes : une magnifique Mustang Cobra Jet.

— Waouh ! s'extasia Alix en se glissant près de Jon, qui, pris dans sa conversation ne fit pas attention à sa présence. Belle carrosserie. C'est le gros lot ?

— Tu ne crois pas si bien dire, en plus elle n'est même pas encore commercialisée. D'après les essais, elle peut atteindre 273 kilomètres-heure. Avec un bolide comme ça, c'est le succès assuré à chaque course ! s'exclama-t-il avec enthousiasme.

— Ou le crash, répondit Alix dans un frisson en repensant à son père.

Jon l'attira à l'écart.

— Qu'est-ce que tu fais là, Alix ?

— Ça ne te fait pas plaisir de me voir ? minauda-t-elle.

Jon se passa la main dans les cheveux, songeur.

— Vu comment tu t'es sauvée hier soir, je ne pensais pas te revoir de sitôt. Du moins, ajouta-t-il avec une voix plus suave, pas ici ni dans cette tenue.

— Elle te plait ? dit-elle en reculant d'un pas et en tournant sur elle-même pour le laisser admirer. La jupe était si courte qu'elle laisse dévoiler la naissance de ses fesses et le haut ajouré cachait juste ce qu'il fallait pour ne pas se faire embarquer pour outrage à la pudeur.

— Si elle me… Non, mais Alix, à quoi tu joues ? Et comment tu as su ?

— Ton pote, le pilote aviné, était si vantard qu'il m'a invité à venir l'encourager ce soir.

— Alors, c'est pour lui que tu es venue ? demanda-t-il avec une moue déçue.

La jeune femme éclata de rire.

— Je ne sais même pas ce que je suis censée voir. Une course, j'ai bien compris, mais c'est quel type ?

Jon plissa les yeux, le regain d'intérêt de la jeune femme semblait éveiller sa méfiance.

S'il savait !

Néanmoins, il la prit par la main et l'entraîna vers la voiture qu'il allait piloter. Une Mercedes AMG, couleur or avec un moteur V8 biturbo préparé pour la compétition. Alix l'écouta dévoiler les performances attendues par son bolide tout en admirant la beauté de ses lignes. Mais elle ne put s'empêcher de se demander comment un petit garagiste pouvait se payer une pareille voiture.

— Où est-ce que vous allez courir ? s'enquit-elle.

— Juste ici, dit-il en pointant la route qui longeait le centre commercial.

— Là ! Mais c'est dangereux. Si quelqu'un arrive en face ?

— C'est ce qu'on appelle une *drag race*. La route sera bloquée au niveau des intersections. En plus, nous pilotons sur une courte distance : 402 mètres très exactement.

— Vous vous affrontez chacun votre tour ?

— Pas tout à fait. Chacun choisit ou non de s'engager selon qui il veut affronter. On part par groupe de trois ici, mais selon les endroits, on peut être plus nombreux. Ça dépend surtout de la largeur de la piste. Dans tous les cas, le vainqueur remporte la mise. Y'a du blé à se faire, expliqua-t-il.

— Et tu gagnes souvent ?

— On peut dire que je ne suis pas trop mauvais, se vanta Jon avec un sourire en coin.

— Je veux bien te croire quand je vois ta voiture. C'est avec tes gains que tu as pu te la payer ?

— L'AMG ? Non ! ricana-t-il. Je l'ai gagnée contre ce bouffon de Claudio. Il a cru qu'il pourrait me battre. Mais avoir une voiture puissante ne fait pas tout si tu ne sais pas piloter.

— Et j'imagine que ce soir tu vas essayer de gagner la

Mustang.

Jon porta son regard sur le bolide puis le reposa sur Alix. La lueur d'excitation qui brillait dans ses prunelles la fit frissonner. Une fossette se creusa sur sa joue à mesure que son sourire s'étendait sur ses lèvres. Sans s'en rendre compte, Alix humecta les siennes. Jon y vit le signal qu'il attendait et avala la distance entre eux d'une enjambée. Il glissa une main dans son dos et Alix ne put réprimer un soupir de plaisir lorsqu'elle sentit la chaleur de ses doigts puissants sous sa veste. Leurs visages étaient si proches qu'elle pouvait lire son désir dans ses yeux.

Un raclement de gorge leur fit tourner la tête de concert.

Chloé !

— Il est temps que tu te prépares Jon ! C'est bientôt ton tour, tu dois rester concentré ! s'insurgea-t-elle en adressant à Alix un regard dédaigneux.

— J'arrive, grommela-t-il.

Puis, replongeant son regard dans le mien, il demanda :

— Tu ne te sauves pas cette fois, hein ?

— Je t'attends uniquement si tu m'expliques ton lien avec elle, soupira la jeune femme.

— Je te dis tout ce que tu veux savoir après la course, d'accord ?

Alix scella leur pacte d'un baiser avant de se reculer, mais il la retint d'une main derrière la tête pour lui rendre cette caresse.

— Tu vas être en retard, murmura-t-elle.

— Chloé va être encore plus furax, s'amusa-t-il. Aïe !

Entendre prononcer son prénom avait fait perdre le contrôle à Alix qui lui mordit la lèvre.

19

Des membres de l'organisation avaient bloqué les accès à la route départementale. Sur le parking, le public se pressait vers le fossé qui le séparait de la route afin d'être bien placé pour le spectacle.

Alix observa les pilotes monter dans leurs bolides et se préparer pour le départ. La team Carlotti était presque au complet, Maxime aussi était là. Alix se demanda si Tatiana était présente également. Elle ne l'avait pas vue dans la foule.

Même si l'événement n'était pas officiel, elle avait tout lieu de croire que l'industriel se trouvait derrière tout ça. D'autant plus que c'était son assistante qui contrôlait les inscriptions. Le signal lui fut donné par talkies-walkies lorsque la route fut enfin libre.

— Allez les gars ! argua-t-elle. C'est le moment, on y va !

Les moteurs se mirent à vrombir. Il fallait faire vite, car si une patrouille de gendarmerie débarquait, tous allaient prendre cher. Enfin, c'était cela qui les motivait, l'adrénaline, le goût de l'interdit.

La Mercedes AMG de Jon s'arrêta près d'Alix.

— Allez monte ! lança-t-il par la fenêtre ouverte.

— Pour quoi faire ?

— J'ai besoin d'un porte-bonheur sur la ligne de départ.

La jeune femme accepta dans un mélange d'appréhension et d'excitation, là où sa fonction aurait dû lui faire dire non, et se glissa sur le siège passager — sous le regard furieux de Chloé — pour parcourir la courte distance qui les séparait du départ.

Jon ne dit pas un mot. Il arborait un visage impassible, le regard fixe, les mâchoires serrées, Alix sentait que sa concentration était à l'œuvre.

— Bonne chance, souffla-t-elle lorsqu'il s'arrêta sur la ligne.

Elle s'apprêtait à descendre, mais il glissa une main sur sa cuisse provoquant une décharge électrique au creux de ses reins, puis il l'attira à lui et s'empara de ses lèvres dans un baiser brûlant que la jeune femme s'empressa de lui rendre avant de quitter le véhicule, essoufflée et les joues rosies.

Les deux pilotes concurrents qui s'invectivaient par leurs vitres ouvertes la sifflèrent alors qu'elle passait devant leurs voitures avant de s'en prendre à Jon :

— Eh le mécano ! Si je gagne, je remporte le p'tit lot avec la mise, déclara le conducteur d'une Porsche 911.

— Et moi alors ? s'exclama sa petite amie, une petite blonde aux cils xxl dont le décolleté explosait de son mini top.

À sa place, j'attrape un rhume en trois secondes et demie, pensa Alix en la voyant. *Il ne fait pas assez chaud à mon goût.*

— J'ai rien contre le partage, répondit le pilote.

— Connard ! lui lança sa copine accompagné d'un doigt d'honneur.

— Tu déchaînes les passions ma belle, s'exclama une voix dans la foule.

Tatiana !

— Tu es là ! Je te cherchais sur le parking, lui dit Alix en la rejoignant tout sourire.

— Je ne savais pas encore il y a une heure si j'allais pouvoir me libérer.

— Un problème ? s'enquit Alix.

— Non, répondit l'étudiante avec une moue boudeuse, j'avais un devoir à boucler pour mon directeur de mémoire.

— Et moi, je suis persuadée que tu as eu une folle envie de venir encourager Maxime. Je me trompe ?

La jeune fille rougit légèrement, mais ne démentit pas. Elle expliqua alors à mots couverts la délicieuse nuit qu'ils avaient passée.

Alix n'eut pas le temps de la questionner davantage qu'une corne de brume retentit. C'était le signal !

La foule hurlait pour encourager les pilotes qui, au summum de leur concentration, faisaient abstraction de leur environnement. Ils ne voyaient plus que le bitume qui s'étendait devant eux et guettaient l'allumage du fumigène qui allait permettre aux voitures de s'élancer.

C'est parti ! Allez Jon ! encouragea Alix mentalement.

Sous l'effet de l'excitation, son cœur battait la chamade. Avant même qu'elle s'en rendît compte, elle était en train de scander son nom en cadence avec le public.

— Schenker ! Schenker !

Quelques secondes qui semblèrent durer des heures pendant lesquelles Alix passa par toutes les émotions, jusqu'à la liesse de la victoire. Jon remporta cette manche d'une courte tête.

— Mais ce n'est pas suffisant pour remporter le gros lot, lui expliqua Tatiana.

— Que doivent-ils faire ?

— C'est un bonus pour celui qui battra le record de Paolo.

— Paolo ? demanda Alix.

— Le pilote star de la team Carlotti. Il détient le record de 9,77 secondes sur le 400 mètres, expliqua-t-elle. Pour pimenter les prochaines courses, Carlotti a mis en jeu la nouvelle voiture de l'écurie. Celui qui battra ce temps repartira avec.

— C'est pour ça qu'ils sont tous si excités.

— Exactement.

— Mais il est où Paolo ?

Tatiana regarda discrètement autour d'elle et lui glissa à l'oreille.

— Il se dit qu'il s'est fait choper en revenant d'Amsterdam, si tu vois ce que je veux dire.

Alix acquiesça d'un hochement de tête.

Consommation personnelle ou trafic ? pensa la jeune femme instinctivement. *Il faudra que j'en parle à Will.*

Mais son attention fut attirée par la foule qui se dispersait à la vitesse de l'éclair. Tous se précipitaient vers leurs voitures et prenaient la poudre d'escampette.

— Qu'est-ce qui se passe ? cria la jeune femme à l'attention de Tatiana qui l'entraînait derrière elle.

— Les flics !

Effectivement, parmi le brouhaha ambiant, elle finit par percevoir au loin le deux tons des sirènes.

— Il faut que je récupère ma voiture ! lança-t-elle en lâchant la main de Tatiana.

— Pas le temps, grimpe !

Alix obtempéra et se glissa dans sa Clio.

— Où va-t-on ? demanda-t-elle alors que la voiture traversait la campagne, tout en pensant à la 404 de Jon qu'elle avait lâchement abandonnée sur le parking.

— Mais faire la fête avec les pilotes, pardi ! s'exclama Tatiana dans un large sourire.

20

Le trajet leur prit moins de dix minutes. Tatiana savait exactement où aller. En lisière de forêt, sa voiture passa un large portail en fer forgé avant de remonter une allée gravillonnée. Alix sentit ses yeux s'écarquiller lorsqu'elles s'arrêtèrent devant une immense maison en bois.

— Ça te plait, demanda Tatiana.

— Carrément ! Je n'ai jamais rien vu de tel, surtout par ici, renchérit Alix.

Elle devait avoir l'air d'une folle parce que Tatiana l'observait avec amusement.

— Attends de voir l'intérieur, dit-elle. Allez, viens !

Alix la suivit jusqu'à la porte qui s'ouvrit à leur arrivée laissant échapper des rires et des notes de musique. Maxime fit son apparition et les accueillit chaleureusement.

— Entrez, les filles ! Faites comme chez vous ! Le bar est par là, continua-t-il en tendant la main vers le salon avant d'enlacer Tatiana et de se saisir de ses lèvres.

La pièce en question était spacieuse et devait être lumineuse en journée, car elle était munie d'une large baie vitrée qui prenait tout un pan de mur. Un canapé d'angle, pris d'assaut par les invités, faisait face à une cheminée sur laquelle étaient alignées des coupes. Alix imagina que c'étaient là des trophées remportés sur différentes courses. Au mur, un écran géant diffusait des clips musicaux dont le son était amplifié par un home cinéma dernier cri.

La jeune femme se fraya un chemin parmi les nombreux invités et se dirigea vers le bar quand elle aperçut Jonathan en pleine discussion avec Chloé. On aurait presque dit qu'ils se disputaient. Elle resta en retrait à les observer.

— Tiens, dit Tatiana en lui tendant un verre.

— Qu'est-ce que c'est ?

— Hum, *sex on the beach*, je crois.

Alix retint une grimace, car elle n'aimait pas trop la vodka, mais elle risquait de vexer sa nouvelle amie si elle n'acceptait pas.

— Tu regardais quoi ?

— Oh, fit Alix un brin gênée. Je voulais voir Jon, mais il est occupé avec Chloé.

— Elle n'a pas l'air contente.

— C'est le moins qu'on puisse dire.

Tout en sirotant son cocktail qui, par chance, n'était pas trop corsé, Alix lui demanda des informations sur la maison où elles se trouvaient.

— Elle appartient à monsieur Carlotti, expliqua Tatiana. Il la met à la disposition de ses pilotes.

— C'est généreux de sa part.

Tatiana acquiesça avant de répliquer avec un sourire.

— Si Jon parvient à être titulaire sur les prochaines courses, peut-être qu'il emménagera ici.

Un éclair traversa l'esprit d'Alix.

Si les deux pilotes de la team logent ici, alors une des chambres appartient à celui qui a eu un «*léger empêchement*»*. Et mon petit doigt m'a dit que son absence au Grand Prix n'est pas due qu'à une panne d'oreiller.*

— La voie est libre.

— Hein ? demanda-t-elle à Tatiana qui venait de la tirer de sa réflexion.

— Chloé est sortie, dit-elle en désignant Jon qui se dirigeait seul vers un couloir.

— Tu m'excuses ? lui demanda-t-elle.

— Vas-y ! l'enjoignit Tatiana.

Alix se faufila parmi les convives, mais quand elle parvint dans le couloir Jon avait disparu.

C'est le bon moment ! pensa-t-elle. *Il n'y a que quatre portes de ce côté.*

Regardant de chaque côté du corridor, elle se décida à pousser la première porte. Il s'agissait d'un bureau. Elle referma et passa à la suivante. Un nouveau coup d'œil de droite et de gauche et elle entra. Cette fois, c'était une chambre. Alix en fit un tour rapide. D'après les photos disposées sur la commode, il s'agissait de celle de Maxime.

Et merde !

Des rires dans le couloir la mirent en alerte. Le major retint sa respiration, l'oreille collée contre la porte. Le sang qui pulsait dans ses veines à cause de la montée d'adrénaline semblait faire un vacarme assourdissant. Comme elle n'entendait plus rien au-dehors, elle entrouvrit la porte et jeta un regard dans le couloir. La voie était libre. Il ne restait plus que deux portes. Elle décida de prendre celle d'en face.

Bingo !

C'était une nouvelle chambre. Bien rangée celle-ci, limite aseptisée même. Alix doutait d'y trouver un quelconque renseignement. Elle s'apprêtait à se diriger vers une grande armoire lorsque la porte s'ouvrit derrière elle.

— Alix ? Qu'est-ce que tu fais là ?

Prenant une grande inspiration, la jeune femme pivota sur elle-même.

— Ah ! Jon te voilà ! Je cherchais les toilettes.

— Dans la chambre de Paolo ?

— Il n'y a rien d'indiqué sur les portes, j'ai essayé au pif.

— C'est la dernière au fond du couloir, déclara-t-il.

— Merci, fit-elle en passant près de lui, prête à se saisir de la poignée.

— Comment es-tu arrivée ici ? s'enquit-il d'un ton suspicieux.

— Eh bien, quand tout le monde a déguerpi là-haut, au centre commercial, heureusement que Tatiana était là. C'est elle qui m'a conduite ici.

— J'allais venir te chercher, déclara Jon.

Alix plaqua sa main contre la porte avant de se retourner.

— Avant ou après l'arrivée des flics ? demanda-t-elle d'un ton plus sentencieux que voulu. D'ailleurs, dans la précipitation ta voiture de prêt est restée sur place.

— Je sais.

— Tatiana m'a saisie au vol, je n'ai pas pu récupérer la 404, je suis désolée, continua Alix avant de comprendre. Tu savais ?

— Oui. Chloé était restée sur place avec quelques gars pour régler le problème de l'arrivée des flics.

— Qu'a-t-elle à voir là-dedans ?

— La Mustang en jeu appartient à Carlotti. Il fallait bien qu'elle leur explique les raisons de la présence du véhicule sur le parking et montrer les autorisations nécessaires.

— Elle était en règle ? s'enquit Alix, étonnée.

— Bien sûr ! Ils avaient une autorisation signée par le patron du centre commercial pour exposer quelques véhicules pour faire patienter les fans avant la prochaine course officielle.

Alors comme ça elle est mouillée jusqu'au cou dans cette affaire. Je ne m'attendais pas à ça ! pensa la jeune femme soudainement déroutée.

— Et toi tu étais au courant ?

— Non ! Elle est venue me trouver quand elle est arrivée tout à l'heure. Elle était furax parce que ma voiture se trouvait encore sur les lieux et que les flics ont tourné autour.

— C'est la seule raison ? hasarda-t-elle.

— Que veux-tu d'autre ?

— Peut-être qu'elle ne supporte pas de me voir dans les parages. Après tout, vous aviez l'air de bien vous entendre hier soir.

— Tu recommences...

— Quoi ?

— Tu es jalouse, siffla-t-il.

Son visage était fermé, mais ses yeux pétillaient de malice.

— Absolument pas, rétorqua Alix. Je te rappelle que tu m'as promis des explications après la course. Je les attends toujours.

Jon fit un pas dans sa direction.

— C'est tout simplement parce qu'elle est chargée de chaperonner les pilotes de l'équipe, dit-il en faisant glisser ses doigts sur son bras.

— C'est pour ça qu'elle te tourne autour de cette manière ? Hier matin, elle te dévorait des yeux au garage.

— Comme toi en ce moment, souffla-t-il à son oreille.

Je ne l'ai pas vu venir, celle-là... Comment fait-il pour m'hypnotiser de la sorte ?

Cette fois, elle frissonnait pour de bon. Et pour cause, le souffle chaud dans son cou faisait naître des pensées torrides dans son esprit. À croire qu'il avait un don de télépathie, car il souleva son menton pour se saisir de ses lèvres.

Alix maudit son cerveau qui avait définitivement décidé de ne pas lutter, qui lui signalait de profiter de l'instant présent et qui commanda à ses mains de se glisser sous le t-shirt du pilote. Ce contact les électrisa l'un comme l'autre et fit oublier au major ce pour quoi elle était venue dans cette chambre.

21

L'instant d'après, leurs mains se trouvèrent comme si elles avaient été téléguidées. Leurs doigts s'entremêlèrent et se défirent à la vitesse de l'éclair pour explorer mutuellement leurs corps. Le t-shirt de Jon était si ajusté qu'il était inconfortable à Alix de glisser ses mains sous le tissu. Mues par leur propre volonté, elles en saisirent le bord et Jon souleva les bras pour lui permettre de le lui ôter avant de le laisser tomber à ses pieds.

Excité devant tant de motivation, Jon reprit ses lèvres dans un baiser fougueux où leurs langues se titillèrent jusqu'à les faire frémir. Ses mains jouaient avec la dentelle du crop top d'Alix, ce qui exacerba la tension de ses tétons durcis.

Elle se languissait déjà de la prochaine caresse quand le portable de Jon se mit à vibrer dans sa poche. Se détachant à regret, il se saisit de l'appareil.

— Je dois répondre…

Alix haussa les épaules, feignant l'indifférence. Qu'est-ce qui pouvait bien être aussi urgent à cette heure-ci ?

Ajustant ses vêtements, elle tenta de deviner qui se cachait de l'autre côté, mais Jon ne répondit que par onomatopées.

Comment peut-on avoir une conversation de la sorte ? C'est l'autre qui mène la danse apparemment. Est-ce Carlotti, ou un de ses sbires ?

Lorsqu'il raccrocha, Jon avait les sourcils froncés.

— Un souci, demanda Alix

— Chloé m'attend dans l'entrée.

— Encore cette empêcheuse de tourner en rond, maugréa-t-elle.

— Il faut que j'aille récupérer la 404 sur le parking. Un des flics a fait du zèle et menace de la faire embarquer à la fourrière si le propriétaire ne se manifeste pas.

— Ah… fit la jeune femme, penaude. Eh bien, il semble que je t'aie mis dans le pétrin, je suis navrée.

— Profite de la soirée, répondit-il laconiquement en se rhabillant. Je fais l'aller-retour. Il n'y en a pas pour longtemps.

Alix acquiesça sans conviction. Juste avant de sortir, elle lui demanda :

— C'est qui Paolo au juste ?

— Paolo di Marco, l'ancien pilote numéro un de la team Carlotti.

— C'est lui que tu as remplacé au pied levé ? hasarda-t-elle.

— En quelque sorte — Jon semblait hésitant puis baissant d'un ton —, il a eu des ennuis avec la justice d'après ce qu'on m'a dit, du coup, vu qu'il est indisponible, le patron a eu besoin de quelqu'un rapidement et Chloé a suggéré mon nom.

— Hum, je vois, tu te sens redevable.

— Un peu, alors si vous pouviez essayer de vous entendre, ça serait beaucoup plus facile.

Alix ne répondit pas, mais elle sentait la colère monter en elle. Après tout, c'était Chloé qui lui en voulait d'avoir quitté la région ! Pourquoi devrait-elle arrondir les angles ?

— Si elle ne fait pas d'effort, je ne vois pas pourquoi j'en ferais, répondit Alix finalement avant de le devancer dans le couloir et de se rendre au bar se servir un nouveau cocktail tandis que Jon la rejoignait, elle.

***

Tatiana n'avait pas l'air décidée à quitter la soirée. Collée tout contre son Maxime, elle discutait avec deux filles qu'Alix avait aperçues plus tôt près de la ligne de départ. L'ambiance était chaleureuse. Les pilotes s'invectivaient ardemment lorsque la course était en passe de démarrer, mais au-dehors, ils étaient heureux de se retrouver pour descendre quelques bouteilles et faire la fête. Et d'après ce qu'elle avait pu comprendre, quand celle-ci avait lieu au chalet, c'était Carlotti qui rinçait les gosiers. Comme quoi, le patron verrier avait vraiment le bras long et dirigeait bien plus que son entreprise.

Lasse d'attendre le retour de Jon, Alix entreprit une nouvelle incursion dans la chambre de Paolo. Au pire, si quelqu'un entrait elle pouvait feindre de se reposer quelques instants. Après avoir regardé partout, le major dut se résoudre à s'avouer vaincue. La pièce avait été consciencieusement nettoyée. Même la scientifique ferait chou blanc, elle en était certaine.

Alors, il ne lui restait plus qu'une chose à faire. Elle n'allait quand même pas rentrer à pied, au travers de la forêt et en pleine nuit ! Après un troisième puis un quatrième cocktail — finalement, elle aimait beaucoup le *sex on the beach* —, Alix rejoignit un groupe de filles qui dansait sur la terrasse près de la piscine éclairée.

L'air était frais et légèrement chargé d'humidité. Ses cheveux impeccablement lissés pour la course commençaient à onduler. Peu importait, elle se sentait légère, un peu grisée par l'alcool, mais l'envie de céder à l'insouciance l'étreignait ce soir. L'enquête attendrait le lendemain.

Son corps se mouvait au son de la musique électro. À quelques pas de là, elle vit un couple s'éloigner vers les jardins de la propriété. Elle mettrait sa main au feu que ce n'était pas pour observer les étoiles. Sa réflexion la fit sourire et elle leva les bras au ciel tout en se balançant d'un pied sur l'autre.

— Je suis content de voir que tu prends du plaisir, Alix, siffla une voix cinglante à quelques centimètres d'elle.

Cette voix, elle la connaissait si bien qu'elle lui fit stopper son dernier mouvement et elle se tint là, figée comme une statue, un bras en l'air. Le dégrisement fut immédiat dès que la jeune femme se retourna.

— C'est bien toi ! reprit-il. Sur le coup, je ne l'avais pas cru.

L'homme qui lui faisait face n'avait pas tellement changé en six ans. Il arborait désormais une barbe qui grisonnait par endroit. Cet homme, c'était Nicolas, son fiancé. Enfin, ex-fiancé, car Alix l'avait quitté en même temps que la région.

— Toi aussi tu as l'air en forme, répondit-elle docilement.

Elle le sentait énervé, sans doute par sa présence, ici, au milieu d'une fête dans laquelle elle n'aurait jamais mis les pieds à l'époque où ils sortaient ensemble, car elle préférait de loin le calme et la douceur d'un foyer à l'agitation et la débauche. Vu comment il l'observait, il devait penser la même chose.

— Que fais-tu là ? demanda-t-il.

— Tu le vois, je danse.

— Te fiche pas de moi ! Je parle d'ici, dans la région. Il m'a pourtant semblé que tu voulais tirer un trait sur ton passé.

Nous y voilà, la confrontation tant esquivée.

— C'était le cas. Je suis revenue en coup de vent pour le deuil de ma tante Zulma.

Sa mâchoire se crispa.

— J'en ai été informé. Mes condoléances, lâcha-t-il entre ses dents.

— Merci.

Nicolas semblait sur le point de dire quelque chose, mais ses épaules se voûtèrent.

— Pourquoi ? s'enquit-il.

Ça y est, pensa Alix, *c'est l'heure de vérité. Je dois lui dire, vider mon sac et peut-être que j'aurai à nouveau le droit d'être heureuse.*Elle s'apprêta à lui proposer de s'éloigner du vacarme quand Jon fit son apparition sur le perron. À voir la mine embêtée d'Alix, il se précipita vers elle.

— Tout va bien ?

— Oui, ne t'inquiète pas. Jon, c'est Nicolas, c'est mon ancien...

— Petit copain ! trancha-t-il. Et lui c'est qui ? Ton nouveau ? C'est ça alors, tu m'as planté pour Schenker le looser, hurlait désormais Nicolas, faisant se tourner des regards dans leur direction. C'est pour ça que tu n'as jamais osé rompre avec moi, tu avais honte, hein ? Avoue !

— Tu n'y es pas du tout, Nico ! Viens, on va discuter au calme.

— Hors de question ! J'ai plus rien à te dire. Tu n'es vraiment qu'une belle salope et...

Le poing de Jon vint interrompre la diatribe en s'abattant contre la mâchoire de Nicolas qui tituba et tomba à la renverse.

— Ce n'est pas une façon de parler à une femme, quand bien même c'est son ex-copine, déclara Jon avant de rentrer vers le bar.

Nicolas, qui s'était relevé, se précipita à sa suite pour en découdre, mais il fut stoppé par deux pilotes qui le retinrent.

— Eh ! Tout doux mon gars !

— Ne viens pas foutre le bordel ici ou tu risques gros.

Nicolas s'agita, chercha à se libérer de leurs entraves, mais les pilotes tinrent bon. Lorsqu'il posa son regard sur Alix qui n'avait pas bougé de place, elle y décela toute la rancœur qu'il avait pu nourrir ces dernières années. Alors elle décida de crever l'abcès.

— Tu n'y es pour rien Nico, dit-elle en faisant signe aux pilotes de le lâcher. Ma décision de partir je l'ai prise seule, car j'avais besoin de faire le vide dans ma tête.

— Et donc moi je ne comptais pas, soupira-t-il.

— La personne que j'aimais le plus au monde venait de disparaître. J'ai eu peur. Peur de perdre pied, peur de perdre le peu auquel je tenais.

— Alors tu es partie...

— Oui.

Lorsqu'elle releva les yeux vers lui, la fureur s'était muée en tristesse. L'expression de son visage fendit le cœur de la jeune femme.

— Pardonne-moi Nico. J'ai merdé sur bien des points dans ma vie et j'espère que la tienne est bien plus réussie.

Elle n'attendit pas de réponse et traversa la maison sans s'arrêter. Le poids des regards lui semblait trop lourd à porter pour rester une seconde de plus, quitte à rentrer à pied.

22

Sur le sentier gravillonné qui menait au portail, une vague d'émotion l'envahit soudain. Au loin, la musique retentissait encore aux abords de la maison, mais elle n'était pas assez forte pour couvrir les bruits de pas qui arrivaient dans sa direction. Elle se dépêcha d'essuyer ses larmes.

— Alix ! Ah ! Je te cherchais. Où comptes-tu aller comme ça ?

— Je rentre chez moi, lança-t-elle d'un ton hautain.

— Comme ça, dans le noir et à pied. Tu ne vas pas aller bien loin.

— J'en suis tout à fait capable.

— Oh, allez, ne fais pas ta tête de mule, je te ramène.

***

Lorsque la 404 s'arrêta devant la maison de son enfance, Alix redescendit sur terre. Pendant tout le trajet, elle n'avait pas dit un mot de peur de voir à nouveau jaillir ces sanglots qu'elle avait tant de peine à retenir. C'était une très mauvaise idée de s'attarder dans le coin. Trop de souvenirs refaisaient surface. Elle battit légèrement des cils pour mieux voir. Avec les larmes et le mascara, ils étaient tout emmêlés. Puis elle constata :

— Je ne t'ai jamais donné mon adresse, comment sais-tu où j'habite ?

— Pas la peine, rétorqua son chauffeur, je connaissais très bien ton père.

Le hoquet qu'elle laissa échapper ne fit aucun doute sur son état de surprise.

— C'était un très bon ami du mien, prit-il la peine d'expliquer.

— Comment se fait-il que je n'en sache rien ? demanda Alix abasourdie.

— Peut-être que ton père préférait te tenir à l'écart de ses affaires.

C'en est trop pour ce soir !

— Mon père ne m'a jamais rien caché ! éructa-t-elle en sortant en trombe de la voiture et en claquant la portière.

Elle avala en deux enjambées la courte distance qui la séparait de la porte d'entrée, talonnée par Jon.

— Pourquoi tu te sauves ? s'enquit-il avec douceur.

Elle s'apprêtait à lui rétorquer de se mêler de ses affaires, mais elle n'eut pas la force de se battre. Pas ce soir. Elle se contenta d'ouvrir la porte, de pénétrer dans la cuisine et de laisser Jon la suivre.

— Est-ce que tu veux en parler ? souffla-t-il.

— De quoi ? De mon père ? Non pas ce soir.

— Je parlais plutôt de la scène avec ce mec, c'est ton ex n'est-ce pas ? reprit Jon.

— Oh… Euh oui c'est mon ex, et non je n'ai pas vraiment envie de m'attarder sur cette histoire.

— Je suis en droit de savoir quand même pourquoi je lui ai mis une droite.

— Disons qu'il n'a pas apprécié la façon dont nous avons rompu, minauda-t-elle pour éviter d'avoir à entrer dans les explications. Et apparemment, il n'a pas non plus apprécié ton intervention. Il pense qu'on est ensemble.

— Et encore heureux qu'il ne nous ait pas trouvés dans la chambre de Paolo, répondit Jon d'un air taquin.

Les images de cet instant resurgirent dans la tête de la jeune femme et son cœur répondit instantanément à cette douce sollicitation. Il en allait de même pour Jon dont le regard transparaissait à nouveau de désir. Lorsqu'il fit un pas dans sa direction, Alix lui saisit la main et le guida vers les escaliers. Sur le palier, elle le sentit retenir un petit rire à la vue de son prénom peint sur la porte de sa chambre. Elle n'aurait jamais pensé y amener un homme.

En moins de temps qu'il n'en fallait pour le dire, leurs vêtements étaient éparpillés aux quatre coins de la chambre. Jon la fit s'allonger sur le ventre et se lança dans un délicieux massage qui acheva de la détendre. Ses gestes étaient lents et attentionnés. Ses mains parcouraient le corps de la jeune femme et la faisaient frissonner à mesure qu'il descendait vers ses reins.

Son désir était palpable, mais Jon la fit asseoir et déposa ses baisers dans son cou puis sur ses lèvres. Alix plongea ses mains dans ses cheveux et les laissa glisser le long de son dos. D'un doigt, elle vint dessiner les contours d'un de ses tatouages avant de suivre la ligne parfaite de ses pectoraux. Son amant glissa une main derrière sa nuque pour qu'elle lui offrît sa gorge qu'il vint couvrir de ses lèvres. Tandis que les mains de Jon glissaient vers sa poitrine dans une caresse langoureuse, sa langue titillait ses tétons durcis avant de revenir vers sa bouche et de redescendre à nouveau vers sa poitrine puis plus bas pour une caresse qui entraîna Alix jusqu'à l'extase. Lorsqu'enfin leurs corps ne firent plus qu'un, la montée en puissance fut si soudaine qu'elle leur arracha chacun un cri de plaisir. Jon la serra alors dans ses bras musclés et ensemble ils se laissèrent imprégner par cette douce béatitude.

23

Le lendemain matin, le bruit insistant de la sonnette tira Alix du lit. Jon, toujours à ses côtés, ronchonna avant de se tourner et d'enfouir sa tête sous l'oreiller. Alix enfila une tenue confortable et descendit ouvrir. Sur le perron, un gendarme l'attendait patiemment.

— Major Deslino, demanda-t-il ?

— Chut ! intima Alix, moins fort, personne ici n'est censé connaître ma fonction.

Le brigadier haussa un sourcil d'étonnement puis continua.

— Puis-je m'entretenir avec vous ?

La jeune femme réfléchit un instant puis se poussa pour le laisser entrer.

— Venez au salon, nous y serons mieux pour discuter. Mais essayez d'être discret.

— Hum, sous couverture même à domicile, c'est ça ? glissa le brigadier sur ses talons.

— Exact et les murs pourraient avoir des oreilles. Installez-vous. Désirez-vous un café ? s'enquit-elle en allant à la cuisine.

— Non merci, déclina-t-il en prenant place sur un fauteuil.

— De quoi souhaitez-vous m'entretenir ? demanda Alix lorsqu'elle revint avec une tasse fumante.

Le brigadier sortit un dossier de son porte-documents et lui tendit une photo.

— Qui est-ce ?

— Il nous a été demandé de vous avertir si nous avions des informations sur Carlotti ou son entourage. Ce corps a été retrouvé très tôt ce matin sur le sentier du littoral.

— C'est à Mers-Les-Bains, c'est ça ? interrogea Alix qui avait quitté la région depuis quelques années, mais qui se souvenait assez bien du coin préféré des jeunes couples en mal de passion. On aurait pu aisément le baptiser le sentier des amoureux.

Le brigadier hocha la tête avant de continuer.

— Il s'agit de Paolo di Marco. Le pauvre est totalement défiguré.

— Le pilote de course, rétorqua Alix. Hum, celui qui a fait ça, soit ne voulait pas qu'on le reconnaisse soit il avait de sérieux griefs contre lui. On sait ce qui a causé sa mort ?

— D'après le légiste, il aurait été passé à tabac, mais il semble que ce soit un coup de couteau porté à la poitrine qui soit à l'origine du décès. Nous en saurons plus dans la journée.

— Tenez-moi au courant de vos découvertes.

— Oui major. Et...euh...

Le brigadier semblait hésitant.

— Autre chose ?

— Oui, nous ne savons pas si cela a un rapport avec le meurtre, mais nous avons trouvé ceci près du corps.

Le brigadier tendit un sachet à Alix contenant une sorte de pendentif, une amulette en argent gravée du logo de la team Carlotti. Alix s'en saisit et l'observa : on aurait dit plutôt une sorte de colifichet comme on trouve sur les porte-clés. Un des maillons était cassé.

— DiMarco était le pilote numéro 1 de la team, il est fort probable que tous les membres en possèdent un également, commenta-t-elle. De là à dire que cela caractérise la victime, on ne peut pas encore se prononcer.

Le brigadier prit congé et Alix se fit couler un deuxième café. Elle passa en revue les possibilités qui s'offraient à elle. Cette amulette était-elle tombée de la poche de la victime ou du meurtrier ? Avait-elle été arrachée pendant la bagarre et perdue sur la scène de crime ? Le rapport ne mentionnait pas encore d'analyse à ce sujet. Si cela provenait du tueur, aurait-il été assez stupide pour y laisser une trace génétique appelée à ouvrir une piste pour sa propre enquête ? Alix essaya de se représenter la personne qui avait tenu ce bout de métal entre ses doigts. Quelles étaient ses aspirations ?

Elle savait déjà qu'elle devrait vérifier si l'homme qui était actuellement couché dans son lit en possédait une semblable. Elle savait aussi qu'on l'attendait sur cette enquête, sa première en solo et sur le terrain. Une sorte de pression reposait désormais sur ses épaules. Elle ressentait le besoin de faire ses preuves dans un monde relativement intolérant où on imputerait la moindre faiblesse à son appartenance au sexe féminin. Qu'en penserait son collègue Willem ?

Alix repoussa une de ses mèches rousses derrière son oreille. Que l'on ne voit en elle qu'une belle femme lui était insupportable quand bien même sa beauté fatale pouvait lui être d'une grande utilité dans le succès de certains de ses dossiers. Elle voulait se faire respecter avant tout pour ses qualités d'enquêtrice, même si cela signifiait mettre de côté les aspirations de son cœur.

Un bruit à l'étage la tira de sa réflexion. Elle fourra le dossier et la preuve dans un tiroir du vaisselier et se hâta de monter voir son invité.

24

— Alors la marmotte, lança Alix en entrant dans la chambre. Tu as bien dormi ?

Jon s'étira et bailla bruyamment.

— Quelle heure est-il ?

— Bientôt dix heures.

— Dix heures ? Merde ! s'écria-t-il. J'ai un rendez-vous avec Carlotti ce midi.

Jon se leva tout de go, dévoilant son corps dénudé aux yeux d'Alix qui en appréciait les contours tout en repensant à leur étreinte. Elle ne détourna pas le regard et les joues légèrement rosies, elle sourit à Jon.

— Oh ! Et moi qui pensais qu'on avait du temps devant nous.

— Désolé ma belle, déclara-t-il en s'approchant, c'est un rendez-vous important.

Il déposa un baiser sur ses lèvres et laissa glisser ses mains sous son t-shirt à la rencontre de sa peau. Il l'avait trouvée si douce la nuit précédente qu'il en goûtait encore dans son esprit la moindre parcelle.

— Ah ! Si je pouvais décliner, je resterais volontiers avec toi aujourd'hui, malheureusement...

— Les affaires t'appellent, le coupa-t-elle, je comprends.

— Ça t'embête si je t'emprunte ta douche ? demanda-t-il.

Alix le guida jusqu'à la salle de bains et lui sortit une serviette tandis qu'il faisait couler une eau chaude bienfaitrice sur ses muscles encore endormis.

— Si tu as besoin de quelque chose, n'hésite pas à me le demander, dit-elle alors qu'elle allait quitter la pièce.

— Non, ça ira... sauf si tu as envie de me frotter le dos, s'exclama-t-il dans un sourire.

Alix ne répondit pas. Jon en conclut qu'elle avait quitté la salle de bains. De l'eau plein les yeux, il cherchait à tâtons le flacon du gel douche lorsqu'il sentit une main arrêter son geste. Alors il se laissa faire. Avec des gestes tantôt lents tantôt rapides, mais toujours d'une douceur insoupçonnée, Alix savonna le dos de son amant. Se collant à lui, elle entreprit ensuite de lui masser le torse et le haut des cuisses avant de s'attarder sur son membre durci. Ils firent l'amour une nouvelle fois, rapide et sauvage, sous le jet d'eau brûlant.

Alors qu'ils s'habillaient, Alix proposa :

— Je pourrais t'accompagner à ton rendez-vous, ton patron n'y verra aucune objection, je pense.

Le visage de Jon se rembrunit.

— C'est vrai qu'il a eu l'air d'apprécier ta compagnie l'autre soir, ronchonna le pilote.

— Qui est jaloux maintenant ? s'esclaffa Alix en sortant de la salle de bains.

***

Le bâtiment industriel devant lequel ils s'arrêtèrent semblait avoir été construit récemment. Il n'avait rien de la verrerie à laquelle s'attendait Alix. À la place de l'usine des années 70 dont elle se rappelait, des bâtiments aux façades verdies et rouillées par les embruns, s'étendait devant ses yeux ébahis un site beaucoup plus moderne. Exit la vieille barrière en bois de ses souvenirs, ici le portail aurait pu résister à un char d'assaut. Une haute clôture grillagée s'étendait de chaque côté et, comme elle le supposait, entourait l'ensemble du complexe industriel. En regardant plus attentivement, elle repéra quelques caméras de sécurité.

Eh bien ! se dit-elle, *heureusement que je n'ai pas besoin de m'y glisser en douce.*

Elle remercia silencieusement son intuition qui l'avait conduite à se taper l'incruste avec Jon.

Lorsqu'on leur fit signe d'avancer, Jon arrêta sa voiture devant le poste de garde et baissa la vitre pour tendre sa carte d'identité à l'agent de sécurité. Ce dernier se baissa légèrement pour s'adresser à Alix :

— Puis-je voir également la vôtre ? demanda-t-il.

Alix opina du chef et fouilla dans son sac à main pour l'en

extirper ainsi qu'une fausse carte professionnelle.

Merci Willem !

— Quel est l'objet de votre visite ? s'enquit le garde tout en vérifiant attentivement les pièces d'identité.

— J'ai rendez-vous avec monsieur Carlotti, précisa Jon.

Le garde les dévisagea attentivement. Surtout Alix, apparemment il n'avait pas l'intention de la laisser entrer comme ça.

— Votre nom n'est pas sur la liste mademoiselle, constata le garde.

— C'est que ma venue n'était pas prévue à l'avance, expliqua Alix en se penchant au-dessus du volant sans se départir de son sourire. J'ai rencontré Giorgio... Je veux dire monsieur Carlotti ce week-end, minauda-t-elle. Comme vous avez pu le voir sur ma carte, je suis commerciale pour une grande marque, aussi il m'a invité à visiter les lieux avant de repartir.

Jon s'agita sur son siège. Quelque chose le mettait mal à l'aise. Était-ce l'objet de son rendez-vous ou bien la présence de sa maîtresse bien trop sereine alors qu'elle feignait de jouer les saintes-nitouches ?

— Patientez un instant, je vais me renseigner, déclara le garde.

Après un bref coup de fil, Alix put voir le garde hocher la tête avant de se diriger dans leur direction pour leur rendre leurs documents et ouvrir la grille.

— Dirigez-vous vers la droite, l'entrée vers l'administration est derrière le deuxième bâtiment, vous pouvez vous garer sur le parking visiteur.

***

— À quoi tu joues Alix ? demanda Jon lorsqu'ils furent descendus de voiture.

— Je ne vois pas de quoi tu parles.

— Tu disais vouloir m'accompagner...

— Eh bien, c'est ce que je fais. Le garde semblait tatillon, j'ai profité de l'invitation du grand boss pour pouvoir entrer. Je n'allais quand même pas rester dehors à t'attendre, dit-elle en le devançant en direction des portes coulissantes.

25

Alix pénétra dans le hall le sourire aux lèvres. Quand bien même elle était en mission, le temps passé avec Jon lui était agréable. Il ne faisait aucun doute que l'attirance qu'ils avaient l'un pour l'autre augmentait son niveau de dopamine. Encore plus maintenant qu'ils avaient partagé ces instants d'intimité. Néanmoins, il lui fallait se concentrer sur l'instant présent. Elle se retourna pour attendre Jon qui semblait bien moins à son aise tout à coup. Elle comprit pourquoi lorsqu'une voix les interpella.

— Jon... Tu peux me suivre, monsieur Carlotti t'attend dans son bureau, lança Chloé d'une voix doucereuse.

Puis d'un ton plus cinglant, elle ajouta :

— Pas toi Alix ! Monsieur Carlotti souhaite être seul avec Jonathan. Il te recevra plus tard. Tu peux attendre ici.

Pour un peu, Alix aurait pu sentir le courant d'air glacial qui émanait de l'accueil de Chloé. Son ancienne amie n'appréciait pas sa présence auprès du pilote et le lui faisait bien sentir. Dire qu'elle avait promis à son amant de ne pas envenimer les tensions déjà existantes !

En attendant son tour, la jeune enquêtrice faisait les cent pas dans le hall épuré du bâtiment réservé à l'administration. Derrière sa banque d'accueil, une secrétaire était affairée à trier du courrier. Sur le mur du fond, différentes affiches expliquaient la genèse de la société. À sa droite, une double porte battante s'ouvrit sur un groupe de collaborateurs, tous très jeunes. Ils tenaient à la main des piles de flyers qu'ils disposèrent sur des présentoirs de part et d'autre des portes.

— Nos stagiaires préparent le prochain séminaire *incentive,* expliqua Chloé de retour derrière Alix.

Elle continua sans attendre.

— Suis-moi, monsieur Carlotti m'a chargé de te faire visiter les lieux.

Alix hocha simplement la tête, peut-être arriverait-elle à la questionner sur les agissements de son patron.

***

La visite des locaux sembla une éternité à Alix. Après un bref historique de la société durant lequel elle apprit que Giorgio Carlotti n'avait pas été nommé, comme cela était indiqué dans son dossier, mais qu'il avait opéré une OPA agressive afin de prendre les commandes du site industriel, Chloé l'entraîna dans un périple autour des différents pôles de production. Bien qu'elle fût en froid avec son ancienne amie, dès lors qu'il s'agissait de son travail, les yeux de la petite blonde se mettaient à pétiller d'excitation. Elle connaissait son sujet sur le bout des doigts, même lorsqu'il fallait expliquer le métier de verrier.

— Historiquement, expliqua-t-elle, l'activité était entièrement destinée à la parfumerie et à la cosmétique. Dorénavant, nous produisons aussi pour la pharmacie.

À l'entrée du four, Chloé remit à Alix un équipement de protection : surblouse, lunettes et casque devaient être obligatoirement revêtus avant de pénétrer dans cette zone à haut risque.

— Le verre avec lequel sont fabriqués les flacons, criait presque l'assistante tant le vacarme était assourdissant, est composé de sable, de calcaire et de soude. Si le site de production est implanté depuis sa création dans cette région c'est à cause, où devrais-je dire grâce au sable du fond de la Bresle, qui est particulièrement pur. Le site emploie près de 1500 personnes et produit quotidiennement près de deux millions de flacons, précisa Chloé avec une certaine fierté tandis qu'elle ouvrait la porte qui les ramenait à l'air libre.

Alix en apprécia la fraîcheur après le parcours qu'elles venaient d'effectuer, digne de la traversée des enfers !

— Selon tes projets en la matière, continua Chloé, nos équipes seront disposées à appuyer les différents processus que ce soit en termes de conception des modèles avec notre bureau de recherche et développement ou en appui à la commercialisation ou encore pour des salons professionnels... D'ailleurs, c'est étonnant qu'on ne se soit encore jamais croisées sur les showrooms.

— Oh ! Tu sais, éluda Alix, il y a tellement de monde sur ces événements ! Un chat n'y retrouverait pas ses petits...

Une série de vibrations dans la poche arrière de son jean l'informa que son patron cherchait à la joindre. C'était un code convenu entre eux : deux appels successifs de trois sonneries signifiaient «rappelle-moi c'est urgent !».

De retour dans le hall d'accueil, la jeune femme prétexta un besoin urgent.

— C'est par là, la guida Chloé.

La remerciant d'un hochement de tête, Alix s'enferma aux toilettes et entreprit d'envoyer un SMS au commandant Hill.

[Visite usine Carlotti,
quelles nouvelles ?]

La réponse ne se fit pas attendre.

[Chou blanc à Monaco,
Marcus absent]

[Retardé ?]

[?? En attente infos. De ton côté
quoi de neuf ?]

[Pilote numéro 1
retrouvé mort]

[Meurtre ?]

[Oui, je creuse probable
rapport avec GC]

[OK, rapport complet ce soir.]

[Très bien]

Alex supprima la conversation, tira la chasse d'eau et sortit en direction des lavabos où Chloé l'attendait.

Elle était occupée à pianoter sur son téléphone, l'air soucieux. Lorsqu'elle croisa le regard d'Alix dans le miroir, elle rangea rapidement son mobile et afficha un sourire de circonstance.

— Tout va bien ? demanda Alix.

— Parfaitement, répondit la blonde sans un mot de plus.

Alex prit son temps pour se laver les mains et tout en faisant elle demanda :

— Tu as des nouvelles du pilote disparu ? C'est comment déjà... Paolo c'est ça ?

Chloé blêmit.

— Pourquoi me demandes-tu ça ?

— Comme ça... Jon m'a dit que tu étais chargée de chaperonner les pilotes, que pour eux tu es comme une grande sœur, donc si quelqu'un peut avoir des nouvelles je pensais que c'était toi, mais apparemment non...

Alix essayait la manière douce pour tenter de soutirer une information auprès de son ancienne amie. Celle-ci semblait sur le qui-vive.

— Tu sais, reprit-elle, il y a peut-être de la distance entre nous, mais nous avons été proches par le passé et je vois bien que quelque chose te tourmente. Alors, si tu as besoin d'en parler, je suis là.

Alix tendit une main dans sa direction, mais Chloé recula, échappant ainsi à une étreinte qui la mettrait mal à l'aise.

— Fiche-moi la paix, Alix ! Qu'est-ce que tu crois ? Que tu peux débarquer ici et venir mettre le bazar dans nos vies ?

Sa voix se brisa.

— Je ne cherche pas la bagarre, se contenta de répondre Alix, soudain émue par la détresse de son ancienne amie. Je veux juste t'aider.

— Et tu vas faire quoi ? demanda la blonde d'un ton sec, tout en vérifiant son maquillage dans le miroir.

— Je ne sais pas trop... si tu veux, viens chez moi ce soir, nous discuterons de ce qui te tracasse et peut-être qu'à deux on y verra plus clair.

Alix s'en voulait de cacher la vérité à Chloé alors qu'elle était clairement désemparée devant l'absence de Paolo. Mais avouer maintenant ce qu'elle savait signifiait révéler son identité au grand jour, car personne à part les enquêteurs chargés de l'enquête n'avait dévoilé le meurtre de Paolo di Marco et elle avait encore besoin de savoir de quel côté penchait l'assistante de la firme Carlotti.

Alix la suivit dans le couloir qui desservait le bureau du PDG. Celui-ci ressemblait à une cage de verre depuis laquelle Giorgio Carlotti pouvait observer les allées et venues de son personnel, aussi bien dans le couloir que dans la cour, sur laquelle il avait une vue plongeante.

L'entrevue de Jon était sur le point de se terminer. Le nouveau pilote numéro un était debout et tendait une poignée de main à son recruteur. Après quoi, un homme se leva d'un fauteuil ; Alix reconnut l'un des types du garage, il s'agissait de Corsi. Ce dernier échangea des mots avec son patron puis tendit une enveloppe à Jon qui s'empressa de la glisser dans la poche intérieure de son blouson.

Alix eut du mal à feindre son désintérêt et dirigea son attention vers Chloé qui observait également la scène. Celle-ci fronça les sourcils avant de baisser la tête et ainsi éviter le regard inquisiteur d'Alix.

Il se tramait quelque chose et son instinct d'enquêtrice lui disait que Jon était en train de faire une grosse erreur.

À moins que ce ne soit volontaire…

Elle devrait s'en assurer, et rapidement.

26

La porte s'ouvrit sur Bruno Corsi qui quitta le bureau sans un mot. Il darda sur Alix un regard sombre empreint de dédain puis quitta le bâtiment en sifflotant.

Chloé, qui affichait à nouveau un air froid et impassible lui fit signe d'avancer vers le bureau et referma la porte avant de s'éclipser.

— Ma chère Alix, s'exclama Carlotti en approchant, les bras grands ouverts. Comme je suis heureux que vous ayez pu vous libérer ! continua-t-il en déposant une bise sur sa joue. Ma collaboratrice vous a fait visiter les lieux. Alors, dites-moi, que pensez-vous de mon empire ?

L'emphase qu'il mit dans ses propos laissait présager à Alix la teneur de l'échange. Le PDG n'attendait pas moins que des éloges sur son travail. Jon qui était finalement resté dans le bureau émit un grognement sourd. Si Carlotti fit mine de ne pas l'entendre, Alix tressaillit. Sa nouvelle proximité avec l'industriel le gênait-elle à ce point ?

Affichant un large sourire, elle entreprit de remercier chaleureusement son hôte.

— Merci pour votre accueil, monsieur... Giorgio, se reprit-elle après qu'il eut froncé les sourcils. Chloé m'a effectivement fait faire le tour de vos installations. Je dois dire que je suis impressionnée par la dimension du site ainsi que par le rendement que vous parvenez à obtenir. Je ne manquerai pas de le signaler à ma direction lorsque je serai de retour au siège.

Le visage de Carlotti s'éclaira. Elle avait touché une corde sensible, celle du business.

— Bien, déclara-t-il, pourquoi ne pas continuer cette conversation autour d'un déjeuner ?

— C'est que... Je dois retourner au garage, intervint Jonathan. J'ai pris du retard, les clients vont râler.

— Bon et vous, Alix ? renchérit le PDG. Vous êtes toujours en vacances si je ne m'abuse.

— Eh bien, pour tout vous dire j'ai déjà pris un engagement avec une vieille amie. Elle m'en voudrait d'annuler au dernier moment. Mais merci de votre invitation, ajouta rapidement la jeune femme en jouant naïvement avec une mèche rousse échappée de sa queue de cheval.

Sans rien laisser paraître de sa déception, Carlotti raccompagna les jeunes gens vers la porte. Après que Jon l'eut franchie, le magnat industriel barra le passage de son bras.

— Je vous invite à dîner. Ce soir. On parlera de nos possibilités d'accord. Je vous envoie une voiture.

— Mais... tenta d'intervenir Alix.

— Je n'accepte pas de refus. Donc ce soir, 19 h. Bonne journée, chère Alix, conclut-il en la laissant passer.

La jeune femme en resta médusée. *Lui quand il veut quelque chose, il sait s'y prendre pour l'obtenir.*

***

De retour à la voiture, Jon fulminait.

— Tu vas vraiment dîner avec ce type ?

— Je crois qu'il ne m'a pas laissé le choix, se contenta de répondre Alix. Et puis, réfléchit-elle à haute voix, je vais pouvoir en apprendre plus sur ses activités…

Jon serrait son volant si fort que les veines de ses mains étaient gonflées.

— Promets-moi de faire attention à toi, demanda-t-il à la jeune femme. Son attitude ne m'inspire pas confiance.

— Si tu crois que je vais me laisser impressionner, détrompe-toi, rétorqua-t-elle. Ce n'est pas ma première fois avec un gars de son espèce !

Jon fronçait les sourcils. Qu'avait-elle insinué exactement ? Ce n'était pas la première fois que Alix laissait planer le doute sur ses intentions. Jon sentait qu'elle lui cachait quelque chose sans parvenir à comprendre ce dont il s'agissait. D'abord, dimanche il l'avait surprise à jouer les grid girls au circuit puis à flirter avec Carlotti. Et hier soir, que faisait-elle dans la chambre de Paolo ? Mais pouvait-il l'en blâmer de garder des secrets alors que lui-même ne jouait pas franc jeu ? La douceur de la main d'Alix sur son bras le tira de sa réflexion. Elle l'observait avec ses grands yeux bleus posés sur son visage, comme si elle sondait son âme.

Ah ! Si elle le pouvait... Elle saurait alors si Jon était de son côté ou non. Elle mourrait d'envie d'y croire d'autant plus que le contact de sa peau faisait jaillir des souvenirs de la nuit passée. Elle se morigéna tout en continuant à l'observer. Ils n'avaient pas besoin de parler tous deux pour comprendre que leurs secrets respectifs seraient un frein à leur relation. Qu'y avait-il dans l'enveloppe que Jon cachait dans sa veste ? Était-il lui aussi un sbire de Carlotti ? Son implication dans l'enquête prenait une tout autre tournure. Elle devrait vérifier toutes les hypothèses avant d'en référer au commandant Hill. Malheureusement, elle ne voyait pas comment obtenir toutes les réponses avant le briefing de ce soir. Pour l'instant, elle n'en saurait pas plus. Jon la raccompagna jusqu'à Guerville dans le silence de leurs mensonges respectifs.

27

La voiture s'arrêta devant le restaurant. Alix attendit que le chauffeur lui ouvrît la portière. Il n'avait pas prononcé un mot depuis leur départ. La jeune femme qui n'avait pas prêté attention au trajet fut accueillie par une bouffée d'embruns. *Un restaurant sur la côte, rien d'inhabituel.* Elle leva les yeux vers l'enseigne éclairée par la lueur diffuse de deux lanternes et fut surprise de voir qu'il s'agissait en fait d'une auberge. Elle y était déjà venue par le passé. Nicolas, son ancien fiancé, l'y avait emmenée un soir de Saint-Valentin. Elle se souvenait encore de leur nuit dans cet hôtel de charme situé non loin de la plage et niché sur les falaises entre la Normandie et la baie de Somme.

Lorsqu'elle poussa la porte du restaurant, une serveuse vint l'accueillir et la dirigea vers la table qui lui était réservée. Carlotti qui était déjà là se leva à son approche. Il portait un costume gris de chez Armani qui s'accordait avec ses tempes poivre et sel. Alix se dit qu'elle avait bien fait de choisir cette robe bustier noire dans la petite boutique du centre-ville l'autre jour. Un modèle basique suffisamment élégant pour paraître issu d'une collection couture tout en étant adapté à son budget d'enquêtrice. Les notes de frais lui étaient remboursées, mais il ne fallait pas exagérer quand même.

La tenue fit rapidement effet sur Carlotti qui eut du mal à

détourner son regard du décolleté de son invitée.

— Ma chère Alix, vous êtes ravissante !

— Merci. Vous n'êtes pas mal non plus, lança la jeune femme en prenant place.

Giorgio fut ébahi par tant de vivacité. Le magnétisme qui se dégageait d'elle l'attirait irrésistiblement. Il pensait, non, il espérait que son charme italien opérait également, cependant cette femme demeurait une énigme pour lui. *Oh Bon Dieu ! Ce n'était pas possible d'être aussi belle !* Son corps brûlait déjà de désir alors qu'ils n'avaient pas encore dîné.

Ils échangèrent des fadaises tout en regardant les menus que la serveuse avait discrètement déposés sur leur table. Carlotti était en appétit : après un foie gras mi-cuit au pommeau de Normandie puis un cabillaud rôti à l'*espuma de coco*, il espérait bien croquer la belle Alix en dessert. La jeune femme, quant à elle, opta pour plus de simplicité; un tartare de saumon suivi d'une dorade royale et ses pommes de terre à la vapeur suffiraient à assouvir sa petite faim et lui éviteraient les désagréments d'un repas trop copieux.

— Avez-vous réfléchi à nos possibilités d'accords ? reprit Carlotti après que la serveuse eut pris la commande.

— Vous me prenez de court, Giorgio. Mes supérieurs vont devoir prendre des renseignements avant de valider quoi que ce soit.

— Je ne parlais pas en matière commerciale. Bien que la possibilité d'étendre mes activités ne m'ait jamais déplu, je pensais à tout autre chose.

— Qu'est-ce ? demanda prudemment Alix.

— Venez travailler avec moi. Vous êtes vive, vous semblez à votre aise dans tous types de situations, je suis certain que vous ferez une parfaite collaboratrice.

— N'avez-vous pas déjà une assistante ?

— Vous parlez de Chloé. Je crains malheureusement que son dévouement ne soit plus aussi inébranlable qu'à ses débuts.

— Et que proposez-vous ?

— Je vous offre le Graal, chère Alix. Outre le fait d'avoir le plaisir de travailler avec moi, vous serez à l'abri du besoin.

— En gros, vous voulez m'acheter, s'étrangla-t-elle.

— Vous acheter ! Non, je n'aime pas ce terme. Je vous offre la possibilité de vivre une vie de rêve à mes côtés. Vous voulez de l'argent ? Vous en aurez. À moins que vous ne préfériez les voitures ?

— À vrai dire, j'ai aperçu l'autre soir une petite Mustang GT… J'avoue qu'elle m'a tapé dans l'œil, renchérit la jeune femme.

L'allusion à la course sauvage et à sa dotation ne manqua pas d'attiser la curiosité du magnat industriel.

— Vous aimez les courses on dirait…

— C'est surtout l'adrénaline qu'elles procurent, mentit Alix.

— Si vous me dites que vous pilotez, je double votre salaire, plaisanta Giorgio.

— Oh non, pas moi… Je n'ai pas assez de dextérité pour ça. Mais vos pilotes, oui.

— En effet, j'ai constitué une bonne écurie. Mes dernières victoires en attestent.

— Qu'est devenu votre ancien numéro un ? Paolo, je crois.

Carlotti se rembrunit à cette évocation.

— Il n'a pas respecté sa part du contrat, nous l'avons donc renvoyé.

Alix nota mentalement le changement de personnalité. Quand il s'agissait de réussite, monsieur s'accordait toutes les louanges, cependant s'il y avait un problème ce n'était plus de son ressort.

— C'est pour ça que vous avez recruté Jon, alors.

— C'est un bon pilote en effet. Il n'a pas suivi la voie classique, mais l'appât du gain lui fait faire des prouesses. Avec la bonne motivation, j'en ferai mon prochain champion.

— Vous pensez qu'il vous suivra ?

Alix regretta aussitôt ses paroles.

— Pourquoi cette question ? s'étonna Giorgio. Bien sûr que n'importe qui serait prêt à suivre la team Carlotti, vous avez vu notre palmarès ?

— Je veux dire que Jon a déjà une activité, il a son garage, essaya de se rattraper Alix.

— Et vous pensez qu'une carrière de pilote ne l'intéresserait pas, s'emporta l'industriel, agacé. Laissez-moi vous dire que Jonathan Schenker n'est qu'un pauvre gars sans le sou. Si je n'avais pas injecté des fonds dans le garage de son père, il serait depuis longtemps à la rue ! Alors, je pense qu'il peut me remercier de lui avoir ouvert ma porte.

Alix fut estomaquée par cette annonce. Alors Jon était bien lié à Carlotti. Elle aurait bien voulu connaître les détails de cet arrangement, mais l'interroger davantage risquait de lui mettre la puce à l'oreille.

— Je… je ne savais pas, se contenta-t-elle de balbutier.

— Bien, maintenant que les choses sont claires, reprit Giorgio sur un ton plus doux, vous ne m'avez pas dit ce que vous pensez de ma proposition.

Alix prétexta un besoin urgent de se repoudrer le nez pour ne pas répondre à la question. Au passage, elle en profita pour demander à l'hôtesse d'accueil de lui commander un taxi. Elle voulait en finir avec cette mascarade de rendez-vous.

Qu'est-ce qui la mettait le plus mal à l'aise : les sous-entendus que Carlotti employait allègrement dans le but de la séduire ou le fait que son flirt soit réellement impliqué dans ses magouilles ? C'était sans doute cela qui l'horrifiait bien plus qu'elle ne le pensait. Elle avait trop vite baissé sa garde au risque de devoir prendre de mauvaises décisions quand l'heure serait venue. Quant au patron verrier, bien qu'elle fût sensible à son charme méditerranéen, elle ne s'abaisserait pas à tomber dans le piège. L'idée lui avait traversé l'esprit un quart de seconde, alors qu'elle n'avait aucun élément qui permettait de le rattacher aux activités de Marcus. Si au moins elle pouvait fouiller dans ses affaires, elle pourrait peut-être y découvrir des indices. Mais pour cela, il fallait qu'elle soit au plus proche de lui… Flirter ? Vraiment, l'idée ne la rebutait pas plus que cela. Carlotti était bel homme, mais saurait-elle s'esquiver à temps ? Sa fiche de poste ne mentionnait pas le fait de coucher avec l'ennemi. Mais voilà que durant le repas, il lui avait proposé — comment avait-il appelé cela ? — le Graal. Pas besoin de s'envoyer en l'air quand il suffisait d'infiltrer le serveur informatique de Carlotti. Elle jubilait intérieurement à l'idée qu'elle pourrait trouver dans ses dossiers les preuves qu'elle cherchait. Encore fallait-il convaincre Chloé de la laisser prendre sa place. Et ça n'allait pas être une mince affaire.

À sa sortie des sanitaires, l'hôtesse vint prévenir Alix que le taxi arriverait dans le quart d'heure suivant. La jeune femme la remercia avant de rejoindre sa table.

— Veuillez m'excuser, dit-elle en s'asseyant. Où en étions-nous ?

— J'attendais que vous me donniez votre avis sur ma proposition, reprit Carlotti en ajoutant un peu plus de suavité dans sa voix.

— Eh bien, vous, vous ne lâchez rien, s'exclama la jeune femme. Je dois dire que l'idée est tentante, malheureusement je ne sais pas si je suis faite pour ce travail. Vous savez, j'ai mes habitudes.

— Je suis convaincu que vous saurez très bien vous débrouiller.

— Mais si ça ne correspond pas à mes attentes… Il vaudrait mieux que je fasse un essai préalable. Peut-être que Chloé pourrait me former, suggéra la jeune femme avec une moue charmeuse qui ne laissa pas Giorgio indifférent. Cela me permettrait de savoir si mes compétences sont à la hauteur de vos attentes.

Le PDG observait Alix avec circonspection. Alors là, elle le surprenait. Moins de dix minutes auparavant, il aurait parié sa chemise qu'elle allait refuser sa proposition et voilà qu'elle faisait une contre-offre. À n'en pas douter, la jolie rousse devait être coriace en affaires, elle ferait une parfaite collaboratrice. Maîtresse de ses atouts, elle avait la faculté de séduire son interlocuteur pour le mettre dans sa poche tout comme elle pouvait fixer les limites nécessaires quand il le fallait. La jeune femme était un savant mélange entre le cratère du Fagradalsfjall[7] et du Langhovde[8].

— Soit, déclara-t-il, je vais en informer Chloé dès demain matin. Quand voudriez-vous réaliser cet essai ?

— Le plus tôt possible, rétorqua Alix. Mes congés ne sont pas extensibles, il me faudra être sûre de moi si je dois poser ma démission en rentrant.

— Bien, dans ce cas, revenez demain pour huit heures. J'aurais eu le temps de briefer mon assistante.

L'accord conclu, Carlotti espérait ardemment convaincre Alix de prolonger le repas. Prétextant se servir un verre de vin, il lui effleura la main.

7 Volcan islandais qui s'est réveillé en mars 2021 après 800 ans de sommeil.
8 Glacier de l'Inlandsis Est-Antarctique, détendeur du record de la température la plus glaciale sur Terre avec -98 °C.

— Je vous ressers ? demanda-t-il.

— Non, c'est gentil, mais je préfère éviter de boire si je dois travailler demain.

Carlotti opina du chef avant de se servir.

— C'est justement quand je sais que je ne devrais pas boire qu'il me vient l'envie d'un verre. Pas vous ? Ça doit être le goût de l'interdit.

— Je vous remercie, mais sans façon, déclina de nouveau Alix. D'ailleurs, mon taxi ne va pas tarder à arriver.

— Votre taxi... s'étrangla Giorgio. Mais voyons, ce n'était pas nécessaire, mon chauffeur peut vous ramener. Et la soirée ne fait que commencer…

Il se tut soudainement lorsque l'hôtesse vint avertir Alix de l'arrivée du véhicule. La déception se lisait sur son visage assombri. Alix le remercia pour l'invitation à dîner et quand Carlotti insista pour prolonger la soirée, elle le rabroua gentiment.

— Ce n'est pas très sérieux monsieur Carlotti, en sachant que je commence mes essais demain. Il ne serait pas opportun pour ma carrière que l'on pense que j'ai obtenu mon poste grâce à de la promotion canapé.

Alix jubilait intérieurement de l'avoir mouché de la sorte. Elle l'avait sciemment appelé par son nom pour mettre un peu de distance dans leur relation. Ainsi le PDG n'irait pas s'imaginer qu'ils pouvaient aisément la coucher dans son lit.

Il lui fallait maintenant avertir son ancienne amie et ça

n'allait pas être une partie de plaisir compte tenu de l'inimitié qu'elle lui manifestait désormais.

28

Dans le taxi, Alix pianota le numéro de Chloé sur son téléphone. Après une dizaine de sonneries, la boîte vocale à l'annonce standardisée accueillit la jeune femme qui raccrocha sans laisser de message. Elle entreprit de taper un SMS avant de se raviser. Qu'allait-elle lui dire ? « Coucou, devine qui vient bosser avec toi demain ? » accompagné d'un smiley hilare… Non, ce n'était ni sérieux compte tenu de leurs antécédents, ni adéquat en raison de la véritable motivation qui la poussait à agir.

De retour dans la maison qui l'avait vue grandir, Alix s'installa à l'étage et lança un appel visio avec le commandant Hill et son collègue le lieutenant Brady.

— Hé ! Salut Alix ! résonna la voix de Willem. Alors tu joues les prolongations, il paraît !

— Salut Will ! Tu me connais, je ne me contente pas des préliminaires.

C'était un rituel entre les deux agents, une façon pour l'un comme pour l'autre de se soutenir durant les affaires délicates. Cela faisait quasiment deux ans qu'ils travaillaient sur les mêmes enquêtes.

Ballotté de familles d'accueil en foyers lorsqu'il était enfant, Willem Brady avait grandi dans les quartiers pauvres de Marseille. Il avait vu le jour au sein d'une famille de commerçants ambulants. Cadet d'une fratrie de six enfants, d'un père rôtisseur et d'une mère vendeuse de fruits et légumes, il fut placé ainsi que ses frères et sœurs pour échapper aux violences intrafamiliales. Plus tard, après diverses orientations infructueuses, il s'était engagé dans l'armée de terre avant même de passer le baccalauréat. Affecté dans les transmissions, système d'information, il avait fait ses preuves lors d'OPEX au Liban et au Mali avant d'être recruté par voie de détachement par le commandant Hill en 2018. Meurtris tous deux par les aléas de la vie, Alix et Willem avaient rapidement sympathisé et se comprenaient mutuellement.

— Alix ! Fidèle à tes habitudes nocturnes à ce que je vois.

— Bonsoir patron ! Il n'est que 22 heures, répliqua-t-elle, je suis même en avance !

La jeune femme fit rapidement le résumé de la journée et de son dîner avec Carlotti.

— Méfie-toi, tu vas finir sous le bureau, plaisanta Willem.

— Tu sais bien que la soumission n'est pas mon fort, rétorqua l'enquêtrice avec un clin d'œil malicieux. Quoi qu'il en soit, me faire recruter par Carlotti peut nous être d'une grande aide. J'aurais peut-être accès à ses archives. Il me faut juste savoir quoi chercher exactement. Will, tu peux m'en dire plus sur les liens qui unissent Marcus à Giorgio ?

— Giorgio... Tu l'appelles par son prénom maintenant ?

— Viens-en au fait, éluda Alix d'un ton plus sec qu'elle

ne l'aurait voulu.

— Eh bien, de l'université jusqu'à aujourd'hui, il n'y a rien. Pas une trace d'une entrevue entre les deux types, comme s'ils étaient totalement étrangers.

— Merde ! Pourtant, on sait qu'ils sont liés.

— Mais nous n'avons aucun élément de preuve, renchérit Isaac Hill. Il nous faut quelque chose de plus solide.

— Et concernant le cadavre sur la falaise, qu'a révélé l'autopsie ?

— Il s'agit bien du corps de Paolo di Marco. D'après les analyses, son sang contenait une grande quantité de toxines : kétamine, cocaïne et ecstasy, il était aussi alcoolisé.

— Pétard ! Il a décroché le quarté dans l'ordre, s'exclama Isaac. C'est la cause de la mort ?

— Non ! Blessure par arme blanche, répondit Willem, d'après les premières constatations il s'agirait d'un règlement de compte.

— Carlotti m'a indiqué ce soir avoir licencié le pilote, car, je cite : « il n'a pas respecté sa part du contrat».

— C'est peut-être un début de piste…

— Et je suis persuadée que Chloé et lui ont entretenu une relation.

— Bien, essaie d'en savoir plus là-dessus, déclara Isaac.

— Très bien, je vais creuser du côté de Chloé, mais je risque de devoir la mettre dans la confidence.

— OK, mais ce n'est pas la peine de tout lui dire non plus, tu peux garder le flou sur certains points de l'affaire. Tiens-nous au courant dès que tu auras de nouvelles informations, conclut Isaac avant de se déconnecter.

***

Pendant ce temps

— Je te dis que je ne sais rien ! objecta Jon, courroucé.

Plaquant ses paumes sur le bureau, il se leva, se dirigea vers la cafetière et, se ravisant, ouvrit la porte du placard sur laquelle elle était posée et en extirpa une bouteille de whisky premier prix ainsi que deux verres. Il espérait que ces quelques pas suffiraient à apaiser son esprit tourmenté.

— Tu en veux ? proposa-t-il en faisant volte-face.

Il reçut un haussement d'épaules comme simple réponse qu'il prit pour un oui. Il servit une généreuse rasade dans chacun des verres puis en fit glisser un sur le bureau.

— Vous avez bien caché votre jeu quand même, reprit-il d'un ton sec.

La jeune femme tressaillit. Elle, qui d'ordinaire semblait pleine de confiance, paraissait ce soir au bord de la dépression. Elle portait un vieux jean troué aux genoux ainsi qu'un t-shirt *oversize* qui bâillait à l'encolure, dévoilant ainsi une épaule nue que ses cheveux blonds balayaient à chacun de ses mouvements. Son mascara qui avait coulé, lui faisait des yeux de panda, signe qu'elle avait pleuré récemment.

— Que veux-tu que je te dise ? répliqua-t-elle sans fougue en reniflant son whisky.

Jon n'avait jamais vu Chloé dans cet état. Quelques instants plus tôt, elle était entrée en trombe dans son atelier, arguant qu'il ne valait pas mieux que les autres depuis qu'il était à la solde de Carlotti.

Jonathan avait eu besoin de se vider la tête tandis qu'Alix dînait avec le PDG. Il était furieux qu'elle ait accepté son invitation. « C'est pour le boulot », avait-elle prétexté en remontant en voiture. Mais lui, il savait que Carlotti, avec ses airs mielleux, attendait beaucoup plus qu'un simple repas en sa présence. Cela faisait un moment qu'il ne lui faisait plus confiance, néanmoins le travail ne courait pas les rues et il avait des factures à payer. Ce soir, il avait donc décidé de travailler à la restauration de l'Italia accidentée lorsque Chloé avait débarqué.

« Oh ! Mais tu vas te calmer, poupée ! » avait-il lancé après que la jeune femme lui eut balancé toute sa hargne à la figure. Il devinait que quelque chose ne tournait pas rond et ne voulait pas prendre part au combat intérieur dont elle était la proie, aussi il avait rebroussé chemin vers le bureau. Bien entendu, elle l'y avait suivi, psalmodiant des reproches dont il doutait qu'ils lui fussent réellement adressés, allant jusqu'à l'accuser d'avoir conspiré pour l'éviction de Paolo de la team.

— Mais tu délires ma parole ! C'est toi qui es venue me chercher pour que je participe à la dernière course.

— Alors, explique-moi où est Paolo ! Il n'est pas réapparu

depuis la soirée où je t'ai présenté à Carlotti.

— Ça ne veut pas dire que j'ai quelque chose à voir là-dedans ! avait-il objecté.

— Je n'ai plus eu de nouvelles depuis ! s'était-elle alors lamentée. Tu dois bien savoir quelque chose !

C'est là qu'il avait compris. Chloé entretenait une relation avec Paolo. Jon ne s'était douté de rien. Lors de sa première entrevue avec Carlotti, on lui avait fait comprendre que le pilote avait eu des démêlés avec la justice et qu'il devait se tenir à distance des circuits pour éviter que l'affaire ne fasse de la mauvaise publicité à l'équipe. Si Paolo était effectivement présent ce soir-là au circuit, ils n'avaient pas eu l'occasion d'échanger trois mots ; ce dernier faisant profil bas dans une pièce annexe du club house.

— Ça fait longtemps ? demanda Jon.

Chloé posa son verre sans même y avoir trempé les lèvres.

— Quelques mois…

Elle soupira.

— Jamais il ne m'avait laissée sans nouvelles. Je suis vraiment inquiète.

— Et tu imagines vraiment que je peux avoir quelque chose à voir dans sa disparition ? Depuis le temps qu'on se connaît.

— Non… Enfin je ne sais plus quoi croire... qui croire ? Tu comprends, je t'ai vu prendre l'enveloppe que Corsi t'a tendue ce matin. J'ai cru… enfin je ne sais pas… Il y avait quoi à l'intérieur ?

— Rien qui concerne Paolo en tout cas, juste des papiers pour le garage. Tu sais bien que je retape l'Italia.

Chloé acquiesça.

— Tu veux que je te raccompagne ? demanda le garagiste.

La jeune femme déclina la proposition et sortit sans un au revoir.

***

Alix essaya à nouveau de joindre Chloé sur son portable. Elle allait raccrocher après la cinquième sonnerie quand finalement on lui répondit.

— Allô ? fit la voix qui semblait empreinte d'une extrême lassitude.

— Chloé, c'est Alix, ne raccroche pas s'il te plaît, c'est important.

— Comment as-tu eu mon numéro de téléphone ? répondit-elle sèchement.

— À vrai dire, il était encore enregistré dans mon répertoire depuis toutes ces années.

— Oh... parut-elle surprise. Qu'est-ce que tu veux ?

— J'ai besoin de te parler au sujet de Carlotti, c'est assez urgent.

La jeune femme au bout du fil sembla réfléchir.

— Tu habites toujours la vieille maison de ton père ? demanda-t-elle.

— Oui.

— Laisse-moi un quart d'heure, je suis en voiture, j'arrive.

La jeune femme n'en croyait pas ses oreilles. Malgré l'heure tardive et leur relation tumultueuse, Chloé Moreau avait accepté d'entendre ce qu'elle avait à lui dire, et en plus elle venait chez elle.

Alix préparait du café lorsqu'on toqua à la porte. Elle ouvrit sur une mine déconfite. La pauvre fille faisait peine à voir, comme si on lui avait annoncé la fin du monde quelques instants auparavant. Elle se retint de tout commentaire et la fit entrer au salon.

— Veux-tu un café ? Je viens juste d'en préparer, demanda-t-elle seulement.

Chloé acquiesça et attendit le retour d'Alix sans mot dire. Lorsque celle-ci déposa une tasse fumante sur la petite table basse, Chloé émergea de ses pensées.

— Qu'avais-tu de si urgent à me dire ?

— Eh bien, commença Alix qui ne savait pas vraiment comment aborder les choses, n'y allons pas par quatre chemins. J'ai dîné ce soir avec ton patron.

Chloé sursauta et au regard noir qu'elle lui adressa, Alix devina que la nouvelle ne la réjouissait pas.

— Eh bien, tu vas vite en besogne ! déclara-t-elle. Jonathan ne te suffit déjà plus ?

Alix qui s'attendait à des remarques acerbes ne répliqua pas, se contentant d'expliquer les faits.

— Je n'ai pas eu mon mot à dire. Apparemment, quand Carlotti veut quelque chose, il fait tout pour l'obtenir. Toujours est-il qu'il ne m'intéresse pas le moins du monde. Par contre, je voulais t'informer qu'il m'a proposé un emploi.

— Un emploi ! Quel genre ?

— Il souhaite que je devienne son assistante.

— Mais c'est moi son assistante ! s'offusqua Chloé, les joues rosies par la colère qui montait en elle. Ne me dis pas que tu as accepté !

— Non ! Rassure-toi. Mais c'est là que tout se complique. J'ai besoin pour mon travail d'accéder à certains dossiers de ton patron et tu pourrais peut-être m'apporter ton aide.

— Et me faire virer pour espionnage industriel ? Non merci ! répliqua la jeune femme prête à se lever.

— N'oublie pas qu'il m'a proposé ton poste...

Chloé se rassit au fond du fauteuil.

— Décidément, tout va de travers dans ma vie, soupira-t-elle.

— Tu veux m'en parler ?

— À quoi bon ? Tu ne pourras pas me dire où est passé Paolo. Tu ne le connais même pas de toute manière.

Alix déglutit. La BRI ne l'avait donc pas informée. Elle se saisit de sa tasse fumante et, soufflant pour refroidir son café, elle tenta de réfléchir rapidement. Deux options se présentaient. La première était de ne rien dire et continuer de jouer la commerciale à la recherche de quelques secrets de fabrication, ce qui semblait prendre dans l'esprit de Chloé. La seconde option était de dévoiler la vérité à son ancienne amie. Après tout, elle lui devait bien cela. Chloé avait beaucoup souffert de son départ précipité et du silence radio qui s'en était suivi durant ces dernières années.

Alix observait son amie à travers les volutes de fumée de sa tasse brûlante. Elle semblait perdue, tel un naufragé ballotté au gré des vagues, à la recherche d'une amarre qui pourrait l'empêcher de sombrer. Et ce qu'elle s'apprêtait à lui révéler risquait de l'éloigner encore plus du rivage.

— Chloé, si j'ai demandé à te voir, c'est pour être honnête avec toi, déclara Alix en reposant sa tasse. Je ne suis pas commerciale en produits de luxe.

La jeune femme la dévisagea avec des yeux tout ronds.

— Qu'est-ce que tu es alors ? dit-elle d'une petite voix éteinte comme si elle s'attendait au pire.

— Je travaille pour l'OCLCO, c'est l'office central de lutte contre le crime organisé.

— Pardon ? Tu es flic, c'est ça ?

— En quelque sorte, je suis enquêtrice pour un service indépendant.

— Ça fait longtemps que tu travailles là-bas ? C'est pour ça que tu ne nous as plus jamais contactés ? Tu enquêtes sur Carlotti ? demanda Chloé médusée.

Les questions fusaient. Alix s'en doutait, cette révélation attisait la curiosité de la jeune femme. Elle lui répondit avec calme et sincérité.

— À la mort de mon père, j'étais totalement perdue, déboussolée. Je suis partie pour faire le point sur ma vie. Je n'avais pas prévu de disparaître de la sorte. Mais une fois éloignée, j'ai réfléchi sur l'accident de mon père et ma première idée fut une envie de vengeance.

— De vengeance ? Mais pourquoi ? Il a eu un accident de voiture, non ?

— Oui, mais à cause d'un trafic de drogue qui a mal tourné. Tu as déjà entendu parler des *go-fast* ? Ces bolides chargés de drogues en tout genre traversent les frontières pour alimenter les réseaux de distribution.

Chloé opina du chef.

— Eh bien, l'accident dont a été victime mon père, c'était à cause d'un *go-fast*. Le pilote a perdu le contrôle quelques secondes seulement, mais cela a été suffisant pour envoyer la voiture dans le décor. Tu connais la suite, expliqua Alix, soudainement émue de verbaliser les raisons du décès de son père.

— Oh ! Je suis désolée, on n'en a jamais rien su, souffla Chloé.

— Après ça, continua Alix, ma vision de la justice en a pris un coup. Moi qui voulais devenir avocate, je me suis rendu compte qu'il ne pouvait pas y en avoir si les malfrats couraient encore dans la nature. Une chose en entraînant une autre, je suis entrée à l'école de police et j'y ai rencontré le commandant avec lequel je travaille actuellement.

Alix ne s'attarda pas sur les raisons de sa rencontre avec Isaac Hill, d'autant plus que cela aurait dû se terminer par un renvoi de l'école. Quand elle y repensait maintenant, c'était totalement insensé. Que croyait-elle en menant l'enquête sur la voiture qui avait tué son père ? Sans doute qu'elle aurait démantelé toute seule un réseau que toute une brigade n'arrivait pas à saisir. Lorsque le commandant avait eu vent qu'une élève officier fouinait dans ses dossiers, il avait pris le temps de s'entretenir avec elle afin d'en comprendre les motivations. Elle n'avait pas été renvoyée, simplement déclassée avant même d'avoir obtenu son grade de lieutenant. Elle savait que l'avancement serait difficile à présent. Peut-être resterait-elle major toute sa carrière, pendant que les autres évolueraient. Peu importait, car à l'issue de sa formation, le commandant Hill l'avait directement intégrée à son équipe et c'était là son principal objectif. Elle serait une pierre à l'édifice qui permettrait d'en finir avec le trafic de drogue. Tous les jours, une partie de son travail consistait à empêcher d'autres pères de famille de se faire tuer à cause de ces bolides incontrôlables. En quelque sorte, c'était sa contribution à venger son père.

— Et donc tu enquêtes sur Carlotti ? demanda à nouveau Chloé qui semblait à la fois rassurée que Alix ne présente aucun obstacle à sa carrière et inquiète quant au rôle qu'elle-même pourrait jouer dans l'enquête.

— C'est ça. Disons que mes dossiers en cours laissent penser que Carlotti est mêlé à un trafic de grande envergure. Mais j'ai besoin de preuves qui pourraient le relier à l'affaire.

— Qu'est-ce que tu attends de moi ?

— Je t'ai dit que ton patron m'a proposé un job, que je n'ai pas accepté bien sûr, mais demain je dois faire un essai, pour voir si cela pourrait me plaire. C'est bien entendu une excuse pour pouvoir accéder à ses archives. Et comme tu seras mon chaperon pour la journée, je compte sur toi pour me faciliter les recherches.

— Qu'est-ce que ça va m'apporter à moi ? se plaignit Chloé après un temps de réflexion. Je risque ma place si je me fais pincer. Et si Carlotti tombe, qu'est-ce que je risque pour avoir été son assistante ?

— Tu ne seras pas inquiétée par nos services si c'est ce qui te fait peur. Mais nous aurons besoin de ton témoignage. Donc si tu connais des choses sur mon affaire, s'il te plaît dis-le-moi. Cela pourra peut-être aider à faire la lumière sur la disparition de Paolo.

— Tu crois que c'est lié ?

Alix hocha la tête.

— Et toi, tu en penses quoi ?

— Je n'en sais rien, gémit la blonde en enfouissant son visage dans ses mains. Je suis vraiment inquiète. D'ordinaire, il ne se passe pas une journée sans qu'il me donne des nouvelles, même quand Carlotti l'envoie à l'étranger. Mais là, ça fait quatre jours !

Alix compatissait. Interroger son ancienne amie sur Paolo di Marco alors qu'elle connaissait la vérité sur son sort lui fendait le cœur.

— Ça veut dire que lui et toi...

Chloé acquiesça. Elle semblait prête à parler, aussi Alix actionna l'enregistreur de son téléphone.

— On est ensemble depuis quelques mois. Nous n'avons rien dit à personne, se lamenta-t-elle. Paolo avait une sorte d'arrangement avec Carlotti. Il veut que tous ses pilotes restent célibataires, ou du moins hors d'attache.

— Pourquoi cela ?

— Parce que ce sont de meilleurs pilotes lorsqu'ils ont l'esprit clair. Les filles ont la fâcheuse tendance à leur tourner la tête, railla Chloé.

— La misogynie dans toute sa splendeur, ne put s'empêcher de commenter Alix.

— M'en parle pas ! Il fallait que j'accepte que les groupies lui tournent autour. Et à chaque événement, elles foisonnent ! Tu crois que c'est facile pour moi de les voir se jeter sur lui ? De le voir flirter, même si je sais qu'il joue le jeu pour faire bonne figure. Lui aussi en avait marre. Il m'a dit qu'il voulait tout arrêter, pour qu'on soit enfin ensemble au grand jour. Et depuis, plus de nouvelles ! Alors, quand je t'ai vue avec Jon sur la ligne de départ, puis à la fête, j'ai cru que tu étais comme les autres, que tu voulais profiter des largesses de Carlotti, je suis désolée.

— Des largesses ? Que veux-tu dire ?

— Que les fêtes données à la villa sont sponsorisées Giorgio Carlotti ; l'alcool coule à flots, ça attire beaucoup de monde. Et surtout ils viennent se fournir en stupéfiants : amphét, ecsta, cannabis et j'en passe. Tu peux demander ce que tu veux tant que tu allonges le fric.

— Et c'est Carlotti le fournisseur, tu en es sûre ?

— Oui. Avant chaque fête, ses gros bras viennent livrer eux-mêmes le bar. Je suis certaine qu'il n'y a pas que des bouteilles d'alcool dans les cartons. Les invités vont ensuite passer commande au bar, ça passe presque inaperçu.

— Pas étonnant que Carlotti soit aussi généreux lors des soirées. Ça doit lui rapporter un beau billet, vu le monde qui gravite à la villa.

Après cela, elles mirent au point une stratégie pour le lendemain. Chloé enverrait Alix dans la salle des archives, prétextant qu'elle n'avait pas besoin d'une pseudo assistante dans les pattes. De là, elle accèderait à la salle du serveur qui se trouvait dans la pièce d'à côté. Alix pourrait y introduire une clé permettant à Willem d'hacker le système en quelques minutes.

Avant de se quitter, Chloé hasarda :

— Si tu savais quelque chose à propos de Paolo, tu me le dirais n'est-ce pas ? Je préfère apprendre qu'il est mêlé au trafic et quelque part en fuite plutôt que d'être dans le flou.

Alix était partagée ; Chloé pensait qu'il avait mal tourné et l'avait abandonnée. Elle avait raison en un sens, sa mort résonnait comme une désertion, d'autant plus qu'elle restait pour le moment inexpliquée. Mais pour l'heure, la BRI devait mener son enquête à sa façon. Elle les notifierait le lendemain du lien qui unissait le pilote à son amie. C'est tout ce qu'elle pouvait se résoudre à faire.

— Dès que j'ai une piste, je t'en informerai, répondit-elle simplement.

— Merci, souffla Chloé avant de fermer la porte.

29

Le lendemain matin, Alix faisait route vers le site industriel au volant de la vieille 404. Refoulant un bâillement, elle jeta un regard dans le rétroviseur pour s'assurer que son mascara n'avait pas coulé. Elle avait pris le temps de se maquiller avec soin avant de partir. Elle avait dissimulé ses traits fatigués derrière une couche de fond de teint qu'elle avait ensuite recouvert de poudre. Puis, avec dextérité elle avait appliqué un peu de highlighter sur ses pommettes et enfin elle avait souligné son regard d'un trait d'eye-liner avant de poser son mascara. Seules ses lèvres avaient résisté à l'assaut du maquillage. Elle lui avait préféré un baume hydratant.

Alix avait peu dormi. Après le départ de Chloé peu après minuit, l'enquêtrice avait recontacté sa hiérarchie afin de lui exposer les derniers rebondissements de l'affaire. Elle avait ensuite envoyé un SMS à Jon pour lui demander s'ils déjeunaient ensemble le lendemain. N'obtenant pas de réponse, elle s'était glissée sous les draps.

Les derniers événements avaient eu raison de son sommeil aussi elle s'était mise à cogiter. Si Carlotti organisait des soirées à la villa pour écouler de la drogue, les pilotes étaient-ils au courant de ce qui se passait sous leur toit ? Fermaient-ils les yeux ou faisaient-ils partie du réseau de distribution ? À moins qu'ils n'aient été recrutés comme des rabatteurs. Les fans de course automobile se ruaient à chacune de leurs exhibitions, les paris allaient bon train lors des runs sauvages, alors pourquoi ne pas céder à la tentation de gagner encore plus d'argent ? Si tel était le cas, pourquoi Paolo se serait-il fait tuer ? Vengeance, concurrence... Toutes les pistes étaient encore possibles. À moins qu'il n'ait réellement voulu quitter la team Carlotti et que l'un de ses sbires ait été chargé de le faire taire s'il était au courant du trafic. Dans ce cas, pouvait-elle réellement faire confiance à Chloé ? Alix avait pris un gros risque en lui dévoilant sa couverture. Elle espérait maintenant que son ancienne amie ne retournerait pas sa veste en éventant le secret auprès de son patron. Ses pensées se dirigèrent ensuite vers Jon. Quel rôle jouait-il là-dedans ? Même si elle avait envie de le croire innocent, n'avait-elle pas vu Corsi lui remettre une enveloppe ? Que pouvait-elle contenir ? Malgré son expérience, cette fois les émotions prenaient le pas sur la raison. Cette affaire ravivait bien trop de souvenirs dans son esprit. Peut-être aurait-elle dû être déchargée de l'enquête, mais qui d'autre aurait pu approcher des personnes comme Chloé, Jon ou même Carlotti, qui n'était d'ailleurs pas insensible à son charme ? Si cela pouvait lui conférer un quelconque avantage, elle se devait de l'utiliser. Son esprit divagua ensuite vers Jon et la nuit passionnée qu'ils avaient passée.

***

Il était huit heures moins cinq lorsque la voiture se gara sur le parking des employés de la verrerie. Alix jeta un dernier regard dans le rétroviseur pour s'assurer que tout était parfait, puis elle descendit et se dirigea vers le hall d'accueil en ajustant son chemisier. L'hôtesse qui l'avait reconnue lui adressa un franc sourire en lui demandant ce qu'elle désirait. La jeune femme expliqua qu'elle avait rendez-vous avec monsieur Carlotti. Après avoir pianoté sur son téléphone pour annoncer sa visite, l'hôtesse indiqua à Alix que le PDG l'attendait dans son bureau.

À l'étage, elle traversa le couloir jusqu'à la porte entrouverte du bureau de direction. En passant devant celui de Chloé, elle put remarquer que la jeune femme était déjà en poste et lui adressa un clin d'œil lorsque celle-ci releva la tête.

Ses escarpins claquaient sur le sol revêtu de parquet stratifié, aussi elle n'eut pas besoin de toquer à la porte, car la voix suave de Giorgio Carlotti l'accueillit.

— Entrez donc ma chère Alix, je suis ravi de voir que vous n'avez pas changé d'avis.

— Je n'ai qu'une parole, déclara-t-elle en prenant place face à lui dans un fauteuil.

Elle se devait de montrer la même assurance que lors de leur entrevue précédente.

— Aujourd'hui, vous allez donc travailler avec ma collaboratrice Chloé, qui vous fera un topo de toutes les missions que vous serez amenée à rencontrer dans votre travail.

— Vous l'en avez informée ? s'enquit Alix.

— Elle vient tout juste de l'apprendre, répondit Carlotti avec un sourire en coin. Je me suis assuré qu'elle ne vous ferait pas trop de difficultés. Son bureau est juste à côté, continua-t-il, vous pouvez la rejoindre. Pour ma part, je vous verrai ce soir avant que vous ne partiez afin de recueillir vos impressions.

Alix passa le début de la matinée à observer Chloé dans ses tâches quotidiennes. Cette dernière faisait mine de ne pas lui prêter attention, malgré tout elle levait régulièrement un regard interrogateur vers son assistante du jour. Une heure plus tard, lassée de la voir ouvrir du courrier et répondre à des e-mails, Alix restait assise près de la fenêtre à regarder le ballet des employés dans la cour. Elle attendait patiemment que le champ soit libre afin de pénétrer dans la salle des archives. Pour cela, il lui fallait attendre encore une heure trente avant que Carlotti ne s'éclipse de son bureau pour une réunion avec des partenaires financiers. Ce serait le seul créneau possible de la journée, car ensuite tous ses rendez-vous se passeraient ici, et Alix ne pourrait plus aller et venir à sa guise.

— Tu pourrais au moins faire semblant de t'intéresser à ce que je fais, ronchonna Chloé, si quelqu'un entre, on va vraiment se demander ce que tu fais là.

Retenant un soupir, Alix approcha son fauteuil et prêta une oreille plus attentive aux explications de son amie. Alors que Chloé parlait de l'organisation de la prochaine course, Alix l'interrompit.

— Tu organises les déplacements des pilotes pour chaque événement, c'est bien ça ?

— Oui, pourquoi ?

— T'est-il déjà arrivé d'organiser leur voyage à l'étranger en dehors des courses ?

— Oui, bien sûr, je m'occupe des réservations d'hôtels.

— Est-ce que tu peux me sortir la liste de tous les derniers trajets ?

— Qu'est-ce que tu cherches ?

— Je me dis que peut-être nous trouverons une corrélation entre le trafic et les déplacements à l'étranger. Mon équipe pourra recouper les informations avec différents faits divers.

— Tu penses à des *go-fast* ?

Alix acquiesça.

— De grands excès de vitesse par exemple, des courses poursuites, même un feu grillé, ça peut être un début de preuve.

Le visage de Chloé s'assombrit.

— Tu as une info à ce sujet ? demanda Alix.

— Eh bien, je ne sais pas si ça a un rapport, mais il y a une dizaine de jours j'ai reçu un avis d'excès de vitesse pour l'un de nos fourgons. Le patron était furax.

— C'est un véhicule de l'usine ?

— Non, c'est l'un des fourgons d'assistance du circuit.

— Tu peux me ressortir les infos ?

Chloé s'exécuta. Le camion en question avait été utilisé pour un déplacement en région lilloise. Les gars devaient rapporter des pièces de rechange pour les bolides de la team Carlotti. Cependant, le véhicule avait été flashé près du péage de Gand en Belgique. Que pouvait-il bien faire à plus d'une heure de route de sa destination ?

— Qui était le chauffeur ? s'enquit Alix.

Chloé consulta la déclaration jointe à la contravention. Le permis utilisé était celui de Paolo di Marco. Chloé leva des yeux inquiets vers Alix.

— Est-ce qu'il t'a dit quelque chose à ce sujet ? demanda l'enquêtrice.

— Pas vraiment, répondit Chloé d'une voix tremblante. Je me souviens que ce jour-là il devait accompagner Gino. Il n'avait pas envie d'y aller, mais Carlotti avait insisté. Il avait besoin d'un deuxième chauffeur pour faire l'aller-retour dans la journée et ne pas avoir de notes de frais supplémentaires.

— Bizarre, conclut Alix, il n'y a pas vraiment besoin de deux conducteurs pour faire Abbeville-Lille dans la journée, c'est facilement gérable tout seul.

— Je comprends maintenant pourquoi il était furieux, déclara Chloé, ils ont été pris au radar dans un endroit où ils n'auraient pas dû être.

— À moins que le déplacement chez le fournisseur n'ait été qu'une simple excuse et que le rendez-vous ait eu lieu en un tout autre endroit.

— Pourquoi cela ?

— Peut-être avaient-ils prévu de ramener d'autres marchandises...

— Tu sous-entends que Paolo est mêlé au trafic...

Alix haussa les épaules, mais ne répondit pas. Néanmoins, les résultats médicaux légaux confirmaient la présence de stupéfiants dans le corps de la victime. Cela faisait beaucoup de coïncidences.

La jeune femme prit des photos du dossier et les transféra à son collègue Willem. Il devenait de plus en plus pressant d'accéder aux archives du PDG. Elle espérait vraiment y trouver des preuves accablantes de son implication.

30

Pendant ce temps

Dans son bureau, Jon tournait comme un lion en cage. Les gars n'allaient pas tarder à arriver et, plus l'heure approchait, plus il se demandait comment il allait sortir du pétrin dans lequel il était en train de se fourrer. Quand il avait accepté l'aide de Carlotti, il n'aurait jamais pensé lui être redevable de cette façon. Mais maintenant, il était lié et qu'il le veuille ou non il allait devoir faire équipe avec ces types.

Lorsqu'il vit le fourgon noir Mercedes pénétrer dans la cour, il griffonna sur un morceau de papier « fermé jusqu'à demain », le scotcha à la porte du bureau avant de sortir. Il se souvint qu'il n'avait pas encore répondu à Alix. Que pouvait-il bien lui dire ? « Désolé, je ne déjeune pas avec toi, car je pars sans doute faire la plus grosse bêtise de ma vie. » Aussi, il préférait la laisser dans l'ignorance.

De guerre lasse, il avança vers le véhicule. La porte latérale s'ouvrit sur le grand Claudio qui lui adressa un sourire sans âme.

— Où est Bruno ? demanda Jon en montant dans le fourgon.

C'était Gino qui conduisait. Claudio quant à lui reprenait sa place sur le siège passager.

— Il avait rendez-vous avec le patron, on va passer le prendre avant de partir.

Le trajet se déroula dans un silence de plomb. Jonathan se répétait inlassablement que tout allait bien se passer.

Arrivés sur le parking du site industriel, la première chose qu'il vu en descendant du fourgon fut sa vieille 404. Il tressaillit. Que faisait Alix sur le site ? Et qu'allait-elle penser de sa présence à lui entouré de gens aussi douteux ?

***

À 10 h 25, Giorgio Carlotti passa la tête dans le bureau de Chloé.

— Chloé, je pars à la réunion avec les financiers, dit-il d'un ton qui trahissait son désintérêt pour les comptes.

Ce qui lui importait, c'était que l'entreprise génèrait suffisamment de bénéfices pour assurer sa prime annuelle et par la même occasion son train de vie personnel. Les chiffres, il laissait cela volontiers aux matheux.

Les filles qui étaient toujours affairées à la consultation des dossiers relatifs aux déplacements de Paolo levèrent la tête de concert.

— Très bien patron ! lança Chloé, les joues rosies par la surprise.

— Des messages ? demanda le PDG.

— Rien d'urgent, renchérit-elle. À tout à l'heure.

Carlotti fixait son regard sur son assistante qui semblait maintenant au bord de la syncope. Que se passerait-il s'il venait à faire le tour du bureau ? Comment expliquerait-elle les documents affichés sur l'écran de son ordinateur ?

Alix, qui sentait le malaise survenir, prit les devants.

— Je descends le courrier, fit-elle en attrapant un paquet d'enveloppes posées dans une banette. Je te remonte un café ?

Chloé hocha la tête et Alice proposa à Carlotti de l'accompagner en bas.

— Comment se passe cette journée ? la questionna-t-il tandis qu'ils descendaient l'escalier vers le hall d'accueil.

— Bien, assura la jeune femme. Chloé m'explique les différentes missions qu'elle réalise pour vous.

— Sur quoi travaillez-vous au juste ?

— Nous étions sur la préparation de la prochaine course, mentit Alix en se remémorant les e-mails qu'elle avait lus par-dessus l'épaule de Chloé ce matin.

— Bien. Dites-lui de vous montrer également l'administration du site de production, c'est tout aussi important.

— Bien entendu, c'est prévu, minauda-t-elle.

— Alors c'est parfait. Je me sauve, je suis déjà en retard, déclara Carlotti avant de la quitter devant la banque d'accueil.

Alix remit la pile de courrier à l'hôtesse puis se dirigea vers les sanitaires où elle attendit le signal que devait lui donner Chloé. Lorsqu'elle reçut le message indiquant que Carlotti avait bien quitté le bâtiment, elle se hâta vers les archives. Elle s'assura que personne ne la pouvait la voir, puis elle ouvrit la porte du serveur. Une fois à l'intérieur, elle appela Willem.

— J'y suis.

— Très bien, trouve le serveur central et insères-y la clé.

Willem lui avait appris les rudiments du hacking lors de leur dernière mission à Genève. Bien que n'ayant aucun attrait pour l'informatique — elle faisait partie d'une frange de la population qui se contentait d'allumer et d'utiliser un ordinateur sans chercher pourquoi ni comment ça marchait — elle était restée stupéfaite devant la vitesse avec laquelle il parvenait à pénétrer n'importe quel système. C'était à ce moment-là qu'il lui avait remis cette clé USB. D'allure totalement banale, elle contenait un programme caché qui permettait, une fois inséré dans le serveur, de déceler une vulnérabilité du système qui ouvrirait une porte d'entrée au superordinateur de Willem, sans qu'il soit repéré par les traqueurs installés par les opérateurs chargés de la sécurité. Dès lors, il avait accès à l'intégralité du système informatique de sa cible. Il allait se contenter de « pomper » les données pour les consulter par la suite. La manœuvre devait prendre moins de cinq minutes.

Une fois le serveur d'administration central repéré — il s'agissait en fait d'une grosse armoire métallique avec une porte vitrée dans laquelle des dizaines de boîtiers noirs dont elle avait oublié le nom étaient empilés — elle demanda :

— Il y a plusieurs ports, lequel je prends ?

— Est-ce que tu vois un PC ou un écran quelque part

devant toi ?

— Oui, je crois, il y a une tablette coulissante.

— Vas-y, tire-la.

Alix s'exécuta et ouvrit la porte en verre avec délicatesse. Bingo ! Un ordinateur portable était dissimulé entre les boîtiers.

— Parfait ! s'exclama Will. Il te suffit de brancher la clé à ce PC et je m'occupe du reste.

***

Alix ignorait cependant que l'ouverture de la porte avait déclenché un système d'alarme silencieux et que l'allumage du PC portable venait d'activer la webcam qui prit un cliché de la hackeuse.

31

— Tout est prêt ?

— Oui patron, les gars ne devraient plus tarder, ils sont allés s'assurer que le pilote ne nous ferait pas faux-bond.

— Parfait !

Un bip retentit sur le téléphone de Carlotti suivi immédiatement par celui de son homme de main.

— Il semblerait que nous ayons une petite fouineuse, déclara le PDG d'une voix calme en observant le visage d'Alix qui apparaissait sur son écran.

— Vous voulez que je m'en occupe ?

— Je dois d'abord savoir ce qu'elle cherche, ensuite nous aviserons. Garde-la au chaud le temps que je traite mes affaires du jour, je la verrai ce soir.

— Très bien, patron, acquiesça Corsi avec un sourire en coin.

Cette fille lui avait paru louche depuis le départ. Il allait se faire un malin plaisir à la coincer.

***

Alix inséra la clé et suivant les directives de Willem, elle retourna aux archives au cas où quelqu'un entrerait.

Innocemment, elle fit mine de chercher des documents administratifs si jamais on lui posait des questions. La méticulosité de Chloé était remarquable. Sur chaque carton, elle avait noté ce qu'il y avait à l'intérieur. Ses recherches furent donc facilitées. Elle sortit une boîte de son emplacement avant que son regard soit happé par une indication : « Circuits : Fêtes et événements ».

Alix s'en saisit et en contrôla le contenu : des articles de presse, des échanges de mails imprimés — mais pourquoi gâcher du papier ? se désola la jeune femme — et une carte SD. Que renfermait-elle ? Il fallait qu'elle vérifie. Elle avait vu au fond de la pièce un vieil ordinateur. Elle l'alluma et celui-ci se mit à ronronner bruyamment. *Bonjour la discrétion !*

La carte SD comptait des centaines de photos des derniers événements au club house du circuit. Elle y reconnut certains des pilotes qu'elle avait elle-même croisés là-bas et les grid girls dont son amie Tatiana. Il y en avait même avec Paolo. Alix regardait de plus près les clichés avec le pilote lorsqu'un visage, à demi dissimulé par un autre convive, lui fit presque coller le nez contre l'écran.

— On dirait... Mais oui... rhooo, la photo n'est pas nette... On dirait bien Marcus !

Elle vérifia la date de la prise de vue. Moins d'un mois... *Pendant tout ce temps, on le croyait à l'étranger et il était là sous notre nez !* Alix en fit une photo avec son téléphone pour l'envoyer à Willem.

Mince ! Ma batterie est presque vide ! constata-t-elle. Malheureusement, prendre une photo sur un écran en dégradait nettement le résultat. Aussi Alix décida de garder la carte.

Lorsqu'elle reçut le signal de Willem quelques instants plus tard, elle se rendit dans l'autre salle pour récupérer sa clé dans le serveur. Elle s'assura ensuite de n'avoir rien laissé sur place qui la compromettrait et quitta la pièce pour ranger ses dossiers.

— Qu'est-ce que tu fais là ? demanda Jon d'un ton réprobateur.

Alix tressaillit. Elle ne s'attendait pas à lui.

— Chut ! Pas si fort... On pourrait nous entendre, murmura-t-elle en l'attirant entre deux rayonnages.

— Mais qu'est-ce qui se passe bon sang ? Pourquoi te caches-tu ?

— Ce serait trop long à t'expliquer, déclara Alix, mais et toi, qu'est-ce que tu viens faire ici ?

— Pareil, trop long à t'expliquer…

Le regard du pilote se dirigea sur la boîte que tenait la jeune femme contre son corps.

— Les archives du circuit ? Qu'est-ce que tu fais au juste ?

Alix soupira.

— Je classe des dossiers pour Chloé.

Jon écarquilla les yeux.

— Pour Chloé... Tu te fiches de moi... Vous êtes amies maintenant ?

— Ce n'est pas ça. Pour la faire courte, Carlotti veut me recruter et je fais un essai.

— Ah oui, je vois, il t'a fait le coup de la promotion canapé, railla-t-il.

Alix secoua la tête.

— Ne sois pas bête ! Ça n'a rien à voir.

— Ouais, ça ne t'a pas empêché de dîner avec lui hier et aujourd'hui comme par magie tu bosses ici.

— Je ne bosse pas... commença Alix avant de se raviser. Je t'expliquerai plus tard si tu veux. Pour l'instant, je dois sortir d'ici, continua-t-elle en se retournant pour remettre la boîte à sa place.

Jon n'avait pas bougé d'un pouce, si bien qu'en voulant sortir de l'allée, Alix se heurta à lui.

— Tu permets ?

Il allait s'écarter pour la laisser passer avant de changer d'avis et lui bloquer le passage.

— Dites donc, mademoiselle Deslino, vous ne seriez pas en train de faire de l'espionnage industriel par hasard ? Tu ranges des dossiers pour cette chère Chloé, y'a pas besoin d'être discret, renchérit-il en se rapprochant plus encore.

Bientôt, Alix fut coincée entre l'étagère et le corps musclé de Jonathan si bien qu'elle pouvait sentir l'odeur de son after-shave. En plus, il était à croquer avec son air soupçonneux qui accentuait sa ride du lion. Elle se serait bien blottie contre lui à cet instant, néanmoins elle devait penser à sa mission. Pourtant elle n'arrivait pas à quitter son regard, elle était comme hypnotisée.

***

Chloé n'arrivait pas à se concentrer sur son travail. Cela faisait des jours qu'elle ne mettait plus autant de rigueur dans ce qu'elle entreprenait. Carlotti avait dû le remarquer, mais il ne lui avait rien dit jusqu'à présent. Peut-être pensait-il qu'il s'agissait simplement d'une baisse de forme et que c'était passager. Mais non, elle avait perdu l'étincelle qui la faisait se lever le matin de bonne humeur depuis que Paolo avait disparu.

Et maintenant que Alix avait débarqué, elle était encore plus en proie aux doutes. De quoi était-elle venue se mêler d'abord ?! Avec les recherches qu'elle avait menées ce matin, elle pensait que son Paolo était mêlé au trafic !

Chloé savait bien que ce n'était pas possible. Lors de la dernière soirée qu'ils avaient passée ensemble, il lui avait avoué à quel point les magouilles de Carlotti le dégoûtaient et que même si ça signifiait stopper sa carrière en plein vol, il était prêt à s'y résoudre. Alors non, ce n'était pas possible qu'il ait pu y prendre part ! Mais dans ce cas, Chloé était de plus en plus persuadée qu'il lui était arrivé malheur.

La jeune femme était en proie à ses pérégrinations intérieures lorsque Gino et Claudio firent irruption dans son bureau. Leur mine patibulaire n'augurait rien de bon.

— Monsieur Carlotti s'est absenté, déclara Chloé d'un ton aussi badin que possible.

— C'est pas lui que je cherche, aboya Gino. Elle est où ta copine, la rouquine ?

Maintenant, elle en était certaine, ça sentait mauvais cette affaire. Chloé essaya de gagner du temps.

— D'abord ce n'est pas ma copine, c'est juste une stagiaire. Je l'ai envoyée me chercher un café.

— Une stagiaire, ouais c'est ça. À d'autres !

Étaient-ils au courant de quelque chose ? En tout cas, leur comportement laissait présager que Alix allait avoir des ennuis.

— Vous n'avez qu'à l'attendre ici, elle ne va pas tarder, je pense, déclara Chloé.

Discrètement, elle attrapa son téléphone portable et, tout en faisant mine de se concentrer sur son travail, elle saisit un SMS rapide.

[Problème en vue. Dégage !]

De temps en temps, elle jetait un regard sur le type qui attendait appuyé contre le chambranle de la porte. La patience n'était pas son fort apparemment. Il n'arrêtait pas de regarder sa montre. L'autre faisait les cent pas dans le couloir.

— Bon elle fait quoi, là ? grogna Claudio.

— Oh ! Elle est sans doute allée au petit coin, vous savez, nous les filles on en a généralement pour quelques minutes, le temps de se refaire une beauté, tout ça, quoi...

— On ferait mieux de descendre.

Les gars avaient rebroussé chemin avant que Chloé ait pu tenter quoi que ce soit pour les retenir.

***

Le bip de son téléphone permit à Alix de retrouver ses esprits. Ce n'était vraiment pas l'heure de rêvasser.

— Merde ! lâcha-t-elle.

— Qu'est-ce qui se passe ? demanda Jon.

— Je pense que je suis grillée, il faut que je file d'ici. Tu peux me passer les clés de ta voiture ?

— C'est que je ne suis pas tout seul.

Alex jeta sur lui un regard inquisiteur.

— Gino et Claudio sont venus me chercher au garage, reprit-il. Ils ont besoin d'un pilote pour ramener une voiture.

— Bon, je n'ai vraiment pas le temps de t'expliquer, mais je pense que tu ne devrais pas les suivre.

— Je n'ai pas le choix.

— Si tu l'as. Tu n'as qu'à m'accompagner.

L'idée était tentante. Entre le traquenard dans lequel il était en train de se fourrer avec Carlotti et l'évidente galère dans laquelle venait de se mettre Alix, il préférait de loin les problèmes en charmante compagnie.

— Comment comptes-tu sortir d'ici ? demanda-t-il.

— Eh bien, comme je suis arrivée, au volant de ma, euh de ta voiture. Il faudrait que tu en récupères les clés qui sont restées dans le bureau de Chloé.

— Ça marche, attends-moi là, fit Jon.

Lorsqu'il ouvrit la porte, une main ferme le saisit par l'épaule et le plaqua contre le mur.

32

— Il fallait se douter que tu serais avec ta petite copine, grogna Corsi. Vous deux allez me la chercher !

— Laisse-la tranquille, Bruno !

— Toi la ferme ! Tu fais juste ce qu'on t'a demandé. Quant à ta petite copine l'espionne, j'ai quelques mots à lui dire.

Les gars arrivèrent, tenant fermement Alix qui essayait de relâcher l'étreinte.

— Tout doux ma jolie, le patron ne veut pas qu'on t'abîme… Qu'est-ce qu'on fait d'elle, Bruno ?

— Ligotez-la et mettez-la dans le camion. Allez hop, toi aussi tu me suis, dit-il à Jon en le tirant avec lui.

Corsi et ses gars les firent sortir par une issue de secours pour ne pas attirer l'attention. Alix fut poussée sans ménagement dans le fourgon et son épaule heurta une caisse à outils. Au bout de quelques contorsions, elle finit par se mettre en position assise et jeta un regard empli d'amertume à Jon qui l'observait. Ses lèvres remuèrent, elles formaient les mots « tu vas bien ? ».

Alix acquiesça.

Dans sa tête en revanche, c'était le branle-bas de combat. Comment allait-elle s'extirper de ce piège ? Ses mains étaient solidement attachées dans le dos, le moindre mouvement lui sciait les poignets. Gino ne lui avait laissé aucune chance de pouvoir se libérer de son entrave. Quant à Jon, malgré sa capture, il avait suivi les hommes de main de Carlotti sans broncher. Avait-il finalement choisi son camp ? Il lui fallait garder l'esprit clair si elle voulait s'en sortir indemne. Pour cela, elle n'avait pas le choix et devait désormais le considérer comme un ennemi.

Qu'avait dit Gino dans la salle des archives ? L'espionne… Ainsi sa couverture était peut-être encore intacte. Elle pourrait ainsi jouer la carte de l'espionnage industriel et se ferait juste taper sur les doigts par Carlotti. Non, ça ne tenait pas debout ! Si tel était le cas, on ne l'aurait pas exfiltrée du bâtiment *manu militari* et, maintenant que les gars étaient mouillés jusqu'au cou, ils ne prendraient pas le risque qu'elle puisse témoigner contre eux pour agression, enlèvement et séquestration. Ils avaient touché le tiercé dans l'ordre !

Bravo ma vieille ! Ta première mission en infiltration est une franche réussite !

Soudain, une idée jaillit ! En montant dans le véhicule, elle s'était heurtée à une caisse à outils. Si elle parvenait à l'ouvrir, peut-être trouverait-elle de quoi défaire ses liens. La jeune femme, ragaillardie à cette perspective, oscillait sur ses hanches et poussait avec ses talons de façon à reculer suffisamment pour atteindre la caisse métallique.

Elle tentait d'en soulever le couvercle lorsque Claudio freina brutalement. Le bruit qui s'ensuivit alerta Corsi. Elle avait lâché le couvercle qui s'était fracassé sur le sol du camion.

— Qu'est-ce que tu fiches là derrière ?

— J'essaie de rester en vie et ce n'est pas grâce à ton chauffeur ! rétorqua-t-elle.

— Tu préfères que j'écrase une mamie ? lança Claudio.

— Au moins, si on a un accident, je sortirai plus vite d'ici, railla Alix.

Sa remarque fit sourire Jon.

— C'est qu'elle a de la répartie ta petite copine, s'esclaffa Gino.

— La ferme ! grogna Corsi. Et toi là derrière tiens-toi tranquille !

Alix ne pouvait pas voir la route, mais elle devina qu'ils avaient quitté la ville lorsque le Vito prit de la vitesse. Elle reprit alors son exploration de la caisse à outils, ses poignets la faisant souffrir dès qu'elle tâtonnait à l'intérieur. Après une dizaine de minutes d'efforts, elle avait fini par trouver une lame de scie à métaux avec laquelle elle essaya de couper les liens qui la retenaient. Chaque geste la faisait souffrir le martyre et elle était en sueur lorsque le véhicule s'immobilisa. Elle fit alors glisser la lame sous sa manche.

Lorsque la porte latérale glissa sur ses rails, Alix avait réussi à s'en approcher et elle lança de toutes ses forces ses pieds en avant. Gino reçut le coup directement dans l'estomac ce qui le força à reculer. Claudio para le coup suivant en la saisissant par les genoux. Déséquilibrée, Alix tomba à la renverse et se cogna la tête.

— Dis donc, elle est coriace la p'tite ! fit Gino qui peinait à se lever à cause du choc et de son embonpoint.

Étourdie, Alix fut transportée dans l'un des bâtiments du stadium. Ils l'installèrent sur une chaise et prirent la peine cette fois de lui bloquer les chevilles.

— Magnez-vous les gars, on a pris assez de retard comme ça, hurla Bruno depuis la porte d'entrée.

Tandis que les gars repartaient vers le camion, Jon s'approcha d'Alix.

— Tu as bien choisi tes fréquentations, déclara Alix à mi-voix.

Elle avait du mal à ouvrir les yeux, encore sonnée par le coup reçu à la tête.

— Je n'ai jamais voulu ça, murmura-t-il en se penchant vers elle.

— Tu es sûr ?

— Tu ne me fais pas confiance ? rétorqua-t-il.

— J'ai appris à me méfier avec le temps…

— Alors, tu t'amènes Schenker !! brailla Corsi. On n'a pas toute la journée !

— J'arrive ! répondit Jonathan. Aie confiance en moi, dit-il à Alix en se penchant à nouveau vers elle.

D'un geste tendre, il lui effleura la joue puis se pencha

pour l'embrassser.

— C'est pas l'heure de fricoter, balança Claudio, Corsi va encore gueuler.

Alix se laissa embrasser, mais ses sentiments étaient trop contradictoires pour pouvoir y répondre. Jon ne sembla pas s'en émouvoir, au contraire il était absorbé par autre chose. Quand il se redressa, elle comprit pourquoi. Ses poignets avaient gagné quelques centimètres de liberté. Reconnaissante, elle le regarda s'éloigner en se demandant si elle allait le revoir.

33

Jon

À mesure qu'il avançait vers le Vito, il regrettait de ne pas pouvoir en faire plus pour Alix. Il était inquiet. Réellement. Même si elle ne lui faisait pas confiance. Après tout, comment pouvait-il en être autrement ? Il s'était acoquiné avec une bande de malfrats, il avait accepté l'aide qu'on lui offrait, innocemment au départ. Mais dans ce milieu, rien ne l'était, innocent. Si Carlotti avait offert d'éponger les dettes du garage, c'était uniquement parce qu'il avait besoin de ses services.

Aurait-il pu procéder d'une autre manière ? Oui, sans doute. Il aurait pu tenter de négocier un report de mensualités auprès de la banque. Avantage dont il avait déjà bénéficié quelques mois auparavant. Il savait pertinemment ce que sa conseillère lui aurait répondu : « Monsieur Schenker, j'ai besoin de garanties afin de pouvoir appuyer votre dossier auprès de ma hiérarchie, or en l'état vous n'êtes pas en capacité de m'en fournir. Je suis désolée, mais je ne peux accepter un nouveau report d'échéances. » La perte du garage aurait signifié perdre une deuxième fois son père. Quand Jon travaillait dans l'atelier, il avait parfois la sensation qu'il se tenait près de lui, comme quand il était petit et que son père lui apprenait déjà les rudiments du métier. Alors fermer le garage, ça n'était pas envisageable, ça lui crèverait le cœur.

Alors oui, il avait accepté de piloter pour Carlotti. Lui qui pensait intégrer la team pour courir sur les circuits et faire quelques shows en dehors. Mais le magnat du verre ne l'entendait pas de cette oreille. Il avait besoin de ses services « en off » comme il disait. Comme aujourd'hui, où Jon était censé rapatrier un bolide jusqu'au stadium. On ne lui avait pas donné plus d'informations sur le véhicule ni sur l'endroit où ils se rendaient. Le pilote se demandait s'il ne s'agissait pas d'une voiture volée. Néanmoins, il se doutait que Carlotti n'aurait pas pris le risque de la stocker dans un lieu connu de tous. Alors où était l'entourloupe ?

Désormais, Jonathan était pressé d'en finir avec sa « mission ». Plus vite il rentrerait, plus vite il pourrait rejoindre Alix. Il espérait juste avoir suffisamment desserré son entrave pour qu'elle puisse s'en libérer.

***

Alix

Le choc avait été plus rude qu'elle n'y pensait, car Alix avait du mal à garder les yeux ouverts. Elle avait dû se blesser à la tête dans sa chute. Dans une demi-lucidité, elle essayait de se repérer. La pièce était sombre, entourée d'étagères métalliques, sans doute servait-elle de stockage pour le circuit.

C'est bien ma veine, pensa-t-elle, *j'en suis réduite aux archives et aux entrepôts.*

Elle ne savait pas combien de temps elle était restée inconsciente. L'esprit encore embrumé, elle essayait de se rappeler les derniers événements. Son épaule aussi était douloureuse à la suite de sa rencontre malheureuse avec la caisse à outils. Elle se souvint tout à coup de la lame de scie qu'elle avait glissée dans sa manche. Malgré la douleur qui lui vrillait le crâne, la jeune femme agita les poignets avec plus de facilité que dans le fourgon.

Oui, c'est vrai, Jon a desserré la corde.

Alix l'en remercia mentalement et entreprit de faire glisser la lame qu'elle avait bloquée avec son bracelet de montre. Elle grimaça tandis que les dents lui griffaient l'avant-bras. Il lui fallait trouver le moyen de scier la corde maintenant. Ce n'était pas évident de trouver la bonne technique du fait de sa position et ne pouvant voir ce qu'elle faisait. Après différents essais infructueux, elle commençait à devenir grossière, heureusement que personne ne pouvait l'entendre. Elle se morigéna, au contraire, si quelqu'un, un employé, ou même un gardien pouvait l'entendre, peut-être viendrait-il la libérer. Mais si les hommes de main de Carlotti avaient choisi cet endroit pour leurs magouilles, c'était certainement parce qu'il était totalement désaffecté en dehors des compétitions. Toute à ses réflexions, Alix avait entrepris de couper la corde, elle sentait que les fibres se délitaient au fur et à mesure de ses passages et, confiante, elle accéléra la cadence.

Elle laissa échapper un juron lorsque la lame glissa sur le sol. Néanmoins, elle avait réussi à suffisamment déchiqueter le cordage pour libérer ses mouvements. Au prix de multiples flexions et torsions des poignets, elle parvint à se libérer de ses liens. Elle s'attaqua ensuite à ceux qui entravaient ses pieds puis se leva précipitamment. Trop peut-être, car elle eut le tournis. Alix resta un instant immobile, puis lorsque la pièce eut fini de tanguer, elle se dirigea vers l'unique porte dont elle actionna la barre antipanique, et se rendit compte avec horreur qu'elle était fermée de l'extérieur. Elle aurait dû s'en douter. Ils l'avaient emprisonnée dans une pièce sans issue. Il ne lui restait plus qu'à attendre qu'on vienne la délivrer. Elle espérait seulement que Chloé avait pris la bonne décision.

***

Chloé

L'assistante de Carlotti avait assisté à toute la scène. Après que les deux affreux eurent quitté son bureau, elle avait discrètement emprunté le chemin des archives. Au détour du couloir, elle avait pénétré dans une salle d'ordinaire réservée aux réunions du comité d'entreprise. Heureusement qu'elle avait les pass de tout l'établissement ! De là, elle put voir Corsi et ses gars malmener Jon et Alix.

De retour à son bureau, la jeune femme était en proie à l'indécision. D'un côté, elle ne voulait pas se mêler ouvertement des problèmes d'Alix, mais de l'autre, son ami Jonathan semblait avoir aussi des ennuis. Et puis Alix avait essayé de l'aider en cherchant des preuves sur la disparition de Paolo. Son ancienne meilleure amie avait pris des risques pour elle, allait-elle l'abandonner ? Non ! Elle ne pouvait s'y résoudre même si les années passées les avaient définitivement séparées, elle devait cela à leur ancienne amitié.

Elle sortit de son sac le post-it sur lequel Alix avait griffonné un numéro de téléphone un peu plus tôt en lui disant : « S'il m'arrive un truc, appelle ce numéro et préviens-les ». Chloé ne savait pas ce que ce « les » représentait, mais elle composa le numéro.

— J'écoute, fit une voix masculine avec un léger accent provençal.

— Je suis Chloé Moreau. Alix…

— Il lui est arrivé quelque chose ? la coupa la voix.

— Elle a des ennuis.

— On s'en occupe.

La conversation se coupa net.

Chloé espérait que son coup de fil permettrait de les retrouver à temps. Elle aurait voulu leur demander… Sans réfléchir, elle recomposa le numéro.

— Oui ? fit la même voix.

— Je voulais vous demander si vous aviez des informations sur Paolo di Marco. Alix vous a envoyé des documents ce matin.

— Je suis désolé, mademoiselle.

— Vous ne pouvez rien me dire, c'est ça ?

— Non mademoiselle, reprit la voix d'un ton plus doux. Le corps de monsieur di Marco a été retrouvé sans vie, j'en suis navré.

Cette fois, ce fut Chloé qui raccrocha. Son univers venait de s'effondrer sous ses pieds. De façon automatique, elle verrouilla son ordinateur, prit son sac, ferma son bureau à clé, descendit l'escalier, fit un petit signe de la main à l'hôtesse d'accueil, mais ne répondit pas à la question qu'elle n'entendit même pas, monta dans sa voiture et prit la direction de son appartement. Passée le portail du site industriel, les larmes roulaient à présent sur son visage et elle avait l'impression que cette sensation de dévastation l'accompagnerait pendant longtemps.

34

Jon

Il faisait particulièrement chaud pour une fin d'après-midi de septembre et Gino s'obstinait à ne pas vouloir mettre la climatisation en route sous prétexte que ça lui donnait la migraine. Le fourgon était devenu une véritable fournaise et cela accentuait le malaise grandissant que ressentait Jonathan.

Ils venaient d'arriver dans le quartier des docks à Ostende. Gino s'arrêta devant l'un des entrepôts et éteignit le moteur. Les gars descendirent du véhicule. Jon allait les suivre quand Corsi lui ordonna :

— Bouge pas d'là !

Il obtempéra. De toute façon, il n'avait pas le choix. Il n'allait pas chercher à leur fausser compagnie ici alors que ce qu'il désirait par-dessus tout c'était de retourner à Abbeville pour s'assurer que personne n'avait fait de mal à Alix.

Tout à coup, la porte latérale s'ouvrit sur Claudio.

— Amène-toi, dit-il.

Jon suivit le grand gaillard jusque dans le bâtiment. Un semi-remorque était stationné à l'intérieur. Jon jeta un regard autour de lui, il était entouré de cartons par centaine, qui ne portaient aucune distinction. Il aperçut Corsi dans un coin, affairé à discuter avec un type affublé d'un costume trop grand pour lui. Pendant ce temps, Gino et un autre type chargeaient des cartons sur un chariot.

— Y'a quoi là-dedans ? s'enquit Jon.

— Si on te demande, tu diras que t'en sais rien, rétorqua Claudio.

— Je croyais qu'on devait ramener une voiture.

— C'est le cas, confirma l'homme au costume gris.

Il avait la soixantaine, un fort accent italien, une calvitie prononcée et mesurait un mètre soixante-dix à peine. On aurait dit un parrain de la mafia. Il ne manquait plus que le chapeau pour parfaire sa panoplie. Il fit signe à l'un de ses gars d'ouvrir la porte du camion.

Jon écarquilla les yeux. Devant lui, se dévoilait la voiture de ses rêves. Il s'agissait de la Mustang Cobra Jet qui était en jeu lors du dernier run sauvage.

— Je la croyais au stadium, s'exclama Jon, visiblement emballé à l'idée de piloter le *muscle car*.

— Elle était seulement là-bas pour attirer les curieux et inciter les apprentis pilotes comme toi à montrer ce qu'ils valent au volant, déclara Corsi, fier de clouer le bec du gamin.

— Mais elle n'est pas homologuée pour la route. Je ne comprends pas ce que vous attendez de moi, reprit Jonathan.

— C'est qui ton gus ? demanda le type au costume. Je préférais l'autre. Celui-là, il pose trop de questions.

— Ne t'inquiète pas, il ne nous posera pas de problème, répondit Corsi.

Il empoigna Jon par l'épaule et l'attira à l'écart.

— Tu ne voudrais pas qu'il arrive malheur à ta petite copine, n'est-ce pas ? Alors, tu vas faire ce qu'on te dit. Tu vas nous suivre gentiment jusqu'à la frontière. Au passage de la douane, tu mettras les gaz de façon à attirer l'attention. De toute façon, avec ce qu'elle a sous le capot, aucun flic ne pourra te suivre. *Capiche* ?

Jon opina du chef.

— Et pendant ce temps, vous, vous passez tranquillement la douane sans contrôle.

— Eh bien voilà, tu comprends vite.

— Y'a quoi dans les cartons ? continua le pilote.

— T'es trop curieux, p'tit. Ton pote Paolo aussi était curieux, ça ne lui a attiré que des ennuis, conclut Bruno avant de repartir vers l'italien.

Jon ne répondit pas, il était trop estomaqué pour cela. Alors comme ça, ils se livraient à un trafic. Et ils étaient responsables de la disparition du numéro un de la team Carlotti. Donc s'il en croyait les rumeurs qui circulaient à ce sujet, les cartons devaient être remplis de stupéfiants. Et soudain, ça fit tilt dans son esprit.

Alix !

Elle savait quelque chose, sinon elle ne lui aurait jamais posé de questions sur un pilote qu'elle ne connaissait pas. Et puis ce soudain intérêt pour les voitures de course… Il avait pris cela pour une technique d'approche et ça l'avait fait sourire, mais maintenant à la lumière des informations qu'il venait d'obtenir, il se rendait compte qu'il avait été manipulé. Et puis, ce matin, lorsqu'il l'avait surprise aux archives, elle tenait un dossier sur le circuit. Qu'est-ce qu'elle cherchait au juste ? Soupçonnait-elle les magouilles de Carlotti ? Qui était-elle finalement ? Mis à part les souvenirs qu'il gardait du lycée, il ne savait presque rien de sa vie. Il lui tardait maintenant de la rejoindre pour exiger des réponses. Il voulait la vérité ! Avait-elle au moins été une fois sincère depuis qu'ils s'étaient croisés au club ? *Commerciale dans les produits de luxe, mon œil !* Un flic, oui, voilà ce qu'elle était ! Et si les autres l'avaient compris aussi, elle courait alors un bien plus grand danger qu'il ne le pensait.

35

Alix

L'attente était interminable. La jeune femme avait tout tenté pour s'extirper de sa geôle. Elle avait même essayé d'enfoncer la porte et s'était fracassé l'épaule, déjà abîmée, contre le métal. *À tous les coups*, pensa-t-elle, *elle est bloquée par une barre anti effraction.*

Alix sortit machinalement son téléphone portable de sa poche. Ils ne l'avaient même pas fouillé ces abrutis. Elle savait cependant que son geste n'avait aucune utilité, sa batterie avait rendu l'âme depuis belle lurette.

Elle fit une nouvelle fois le tour de la pièce à la recherche de quoi que ce soit qui pourrait l'aider à s'échapper. En vain. Des cartons de paperasse, voilà ce qu'il y avait ici. De la documentation sur le circuit, de vieux flyers annonçant d'anciennes courses et sur une étagère de l'autre côté, des piles de vaisselle jetable, serviettes en papier, gobelets… Avec ça, elle allait faire un carton, c'était sûr !

Sa montre indiquait 17 h 45. Allait-elle devoir attendre le retour du Vito ? Si son intuition ne la trompait pas, les gars étaient en ce moment même quelque part en Belgique. D'ailleurs, ils avaient d'autres chats à fouetter que de s'occuper d'elle. Mais quand ils reviendraient, allaient-ils lui réserver le même sort qu'à Paolo ? On retrouverait son corps sans vie quelque part dans la nature… Ce n'était pas comme ça qu'elle s'était imaginé finir.

Des bruits de pas étouffés attirèrent son attention. Elle bloqua sa respiration. Oui, on venait vers la pièce. Alix se pelotonna derrière une étagère. Lorsque la porte s'ouvrit, elle vit Carlotti entrer et se précipiter vers la chaise où elle avait été ligotée. Elle regrettait à présent d'avoir abandonné sa lame de scie sur le sol. Quand il se pencha pour la ramasser, Alix fonça vers la porte entrouverte et se heurta à un autre homme. Ce dernier la repoussa sans ménagement à l'intérieur.

***

Jon

En d'autres circonstances, Jonathan aurait plus que kiffé l'instant présent. Au volant de la Mustang, il se contentait de suivre le fourgon Mercedes qui le précédait sur l'autoroute. À ses côtés, Claudio montait la garde.

— À la moindre entourloupe, c'est ta petite copine qui prend, avait assuré Corsi lorsqu'il était monté en voiture.

Jusqu'à présent, le trajet se déroulait sans encombre, et Jon désespérait d'arriver rapidement au stadium. Sa conduite par moment trahissait son empressement, car dès qu'il appuyait un peu plus fortement sur la pédale d'accélérateur, le bolide ne demandait qu'à partir.

— Tout doux, grogna Claudio. Tu veux nous faire repérer ou quoi ?

— Tu veux conduire ? rétorqua le pilote.

La voix de Corsi grésilla dans le talkie-walkie :

— Nous arriverons à la frontière dans dix kilomètres. Tenez-vous prêts.

Un long frisson parcourut la colonne vertébrale de Jon, comme avant une course. Cette montée d'adrénaline, c'était la sensation qu'il aimait ressentir, une sorte de sérendipité orgasmique qui lui faisait tout oublier. La dernière fois qu'il avait ressenti cela, c'était lors de son étreinte avec la belle Alix. Ce souvenir prolongea le frisson. Il n'était pas question de plaisir de la chair cette fois. Il n'avait surtout pas le droit de se louper.

***

Pendant ce temps

Après l'appel de Chloé, Willem avait immédiatement cessé l'analyse des données transmises par Alix. Comment avait-elle pu se faire prendre ? Elle avait toujours été la plus prudente de l'équipe. Il devait y avoir une faille dans le système, un mouchard qui avait alerté le système de sécurité de Carlotti. Le site industriel était sous plus haute surveillance qu'il ne l'avait pensé. Willem s'en voulait de ce manque de discernement, car par sa faute, sa collègue était en danger.

Il avait prévenu son supérieur dès qu'il avait reçu le coup de téléphone. Isaac Hill avait alors ordonné à son équipe de recouper toutes les informations dont ils disposaient afin de retrouver la trace du major Deslino.

D'après leurs sources, ils savaient que Corsi et sa bande

préparaient un nouveau déplacement et d'après l'assistante de Carlotti, ils avaient embarqué Alix avec eux. Willem lança alors un algorithme sur son superordinateur pour comparer les plaques d'immatriculation des véhicules appartenant à la verrerie et à l'équipe sportive avec les caméras de surveillance des autoroutes du nord de la France.

Après plusieurs minutes d'attente, les résultats apparurent à l'écran. On y voyait un fourgon noir de marque Mercedes pris sous plusieurs angles. Il y avait apparemment trois types à bord. Mais peut-être que sa collègue était attachée à l'arrière. D'après les indications, ils avaient passé la frontière belge peu avant 15 h.

— Patron ! Je tiens peut-être quelque chose, déclara Willem lorsque le commandant Hill décrocha.

— Raconte.

Willem fit son rapport à son supérieur qui se montra pragmatique.

— Très bien, prépare-toi, l'hélico va te ramener sur zone. En attendant, nous allons demander à nos collègues belges de coopérer en bonne intelligence. Ils se chargeront de repérer et suivre le véhicule et nous l'intercepterons une fois de retour en France.

— Vous croyez qu'Alix ne court aucun danger d'ici là ?

— Je ne pense pas qu'ils aient pris le risque de l'emmener avec eux. Ils seraient grillés en cas de contrôle. Non, ils ont dû l'enfermer quelque part et pour le savoir, nous avons besoin de les suivre le plus longtemps possible.

***

Jon

— Frontière dans cinq kilomètres, indiqua la voix dans le talkie. Il y a un radar automatique juste avant. Vous savez ce que vous avez à faire.

— C'est ton heure de gloire Schenker ! railla Claudio. Ne nous déçois pas.

— Ne t'inquiète pas pour moi, rétorqua Jon en enfonçant la pédale d'accélérateur.

Les pneus de la Mustang crissèrent sur l'asphalte et le bolide bondit au milieu de la circulation autoroutière. Ils dépassèrent sans peine le fourgon noir. Avec calme et dextérité, Jon zigzaguait dans la dense circulation de fin d'après-midi. C'était comme piloter sur un circuit sauf que ses concurrents n'étaient que de simples civils qui, pour la plupart, rentraient chez eux. Cette réflexion le ramena à Alix et à l'accident de son père. Le souvenir ravivait encore en elle une immense douleur. Ça la rendait si vulnérable et attendrissante. Elle, qui se cachait d'ordinaire derrière son air arrogant. S'il avait su percer sa carapace. Peut-être arriverait-il à découvrir qui elle était en réalité.

Un véhicule déboîta devant lui sans clignotant, lui faisant faire une embardée. Jon appuya sur la pédale de frein, rétrograda et remit les gaz dans la foulée afin de rétablir le véhicule.

— Putain de merde ! s'écria Claudio, tu veux nous tuer !

— Ta gueule ! répondit Jonathan.

Une pareille erreur de pilotage n'aurait pas dû arriver, se morigéna le jeune homme, le cœur battant. Il devait rester concentré coûte que coûte, surtout qu'il venait de passer le radar automatique à plus de 180 km/h, il n'allait pas tarder à être pris en chasse par la patrouille de l'autoroute et la frontière approchait.

Quelques instants plus tard, il vit les éclairs bleus d'un gyrophare dans son rétroviseur. Une BMW X5 se rapprochait à vive allure. C'est qu'ils étaient bien équipés les gaillards ! Mais la puissance de leur moteur n'avait rien à envier aux 540 chevaux de son bolide. Il n'avait pas besoin de la pousser dans ses retranchements, il devait juste garder la patrouille à distance le plus longtemps possible sans pour autant les semer immédiatement. Cette manœuvre devait surtout permettre au Vito de passer la frontière pendant que les flics belges seraient occupés à vouloir stopper le fou du volant.

— Attention, on nous signale un barrage routier plus loin, annonça Claudio dans le talkie.

— Comment tu le sais ? demanda Jon.

— Tu connais Waze ? C'est génial comme application ! Ce sont les utilisateurs qui te préviennent des contrôles.

Et ça facilite le boulot des trafiquants, songea le pilote.

— Dis à Schenker de détourner leur attention.

— Le patron dit…

— Ouais, j'ai entendu, j'suis pas sourd !

Jonathan accéléra. Il lui fallait passer ce barrage, quitte à abîmer le bolide. Et ça, ça lui crevait le cœur. Au loin, il distinguait les véhicules alignés sur le côté qui attendaient leur tour pour se soumettre au contrôle des douaniers.

Par chance, ils avaient juste installé des plots en plastique orange pour canaliser les flux de véhicules sur une voie. La seconde était libre, hormis une voiture de la douane qui était stationnée en travers gyrophare allumé pour avertir de la zone de contrôle.

Jonathan n'y voyait pas cinquante solutions. Il allait devoir passer entre les deux. Serrant ses doigts autour du volant, il fit hurler le moteur lorsqu'il accéléra. Les douaniers firent de grands gestes pour lui intimer l'ordre de s'arrêter, mais le bolide continuait sa course effrénée. Jon fonçait sur les officiers qui s'écartèrent pour ne pas se faire écraser.

— Ah ah ! Ils ont voulu jouer les cowboys ces trois-là ! s'esclaffa Claudio.

— Merde !

Jonathan eut tout juste le temps de donner un coup de volant pour éviter un véhicule qui venait de sortir précipitamment de la file de voitures, mais il perdit le contrôle et partit en tête-à-queue. Les pneus hurlèrent et un grincement de métal retentit alors que la Mustang percutait la BMW 328i de la police fédérale. Dans le choc, elle perdit un rétroviseur, mais fut suffisamment stabilisée pour que Jon écrase la pédale d'accélérateur et reparte de plus belle. À l'intérieur de l'autre véhicule, les fonctionnaires de la brigade d'intervention activèrent leur sirène et leurs avertisseurs lumineux, aussitôt rejoints par les douaniers et le X5 qui n'avait pas lâché l'affaire depuis le radar automatique. Tous se lancèrent à la poursuite des fuyards.

— Putain on a eu chaud !

La perte de contrôle avait coupé toute envie de rire à Claudio qui s'essuyait le front compulsivement. Puis reprenant le talkie, il annonça :

— La voie est libre les gars.

— Parfait ! Maintenant, débrouillez-vous pour ne pas vous faire chopper, déclara Corsi.

Le Vito venait de passer la frontière au milieu de tous les autres véhicules qui s'étaient remis à rouler et dont les conducteurs étaient encore stupéfaits du spectacle qui s'était déroulé sous leurs yeux, mais heureux d'échapper à un contrôle routier.

— C'est comme si c'était fait, souffla le pilote, s'ils s'imaginent qu'ils auront assez de puissance pour m'arrêter, ils se trompent !

Jonathan mit plein gaz. La Cobra Jet était capable d'atteindre les 273 km/h en moins de dix secondes aussi il ne lui fallut pas longtemps pour distancer les véhicules qui le suivait.

Pendant ce temps, l'équipe du commandant Hill suivait le véhicule à l'aide des caméras disposées le long de l'infrastructure autoroutière.

36

Alix

— Alors ma chère Alix, on n'apprécie pas l'hospitalité, déclara Carlotti.

— Je ne peux pas dire que j'aime être malmenée de la sorte, rétorqua-t-elle tout de go.

L'homme qui accompagnait le magnat industriel ricana. Il se tenait toujours dans l'embrasure de la porte, si bien qu'elle ne put distinguer son visage à contre-jour.

— Tu ne m'avais pas dit qu'elle avait de la répartie en plus d'être canon.

— Attendez de voir quand je suis dans un bon jour, railla la jeune femme en se déplaçant pour mieux le voir.

L'homme entra finalement dans la pièce et referma la porte derrière lui. Lorsqu'il alluma la lumière, Alix retint alors à grande peine un hoquet de surprise. Celui qu'elle traquait depuis tout ce temps se trouvait sous son nez.

Marcus !

— Qu'est-ce que vous me voulez à la fin ?

— Alix, ma chère, commença Carlotti de sa voix suave,

c'est de cette façon que vous me remerciez de vous avoir ouvert les portes de mon empire ?

— Je ne vois pas ce que vous voulez dire… et c'est qui, lui ? continua la jeune femme en désignant de la tête celui dont elle connaissait très bien l'identité.

— Ne faites pas l'innocente, reprit Carlotti en s'approchant de la jeune femme.

Alix rentra la tête dans les épaules et fléchit subrepticement les genoux, ses muscles se contractèrent d'eux-mêmes sous l'effet de la décharge d'adrénaline qui parcourait son corps. Comme une bête acculée, elle était prête à en découdre.

Lorsque Carlotti posa une main sur son bras, elle pivota sur sa jambe gauche, écarta le bras de son adversaire et balança son coude de toutes ses forces vers le haut. Elle remercia mentalement son instructeur de *krav maga* pour le stage de self-défense. Le coup atteignit Carlotti directement à la mâchoire, le faisant reculer. Alix bondit vers la chaise et la projeta de toutes ses forces vers Marcus. Déjà Carlotti revenait à la charge, il la ceintura alors qu'elle tentait de prendre la fuite. Alix se débattit comme une lionne, mais le gaillard avait de la poigne. Elle balançait la tête en arrière, s'arc-boutait de façon à lui faire lâcher prise, rien n'y faisait. La douleur à l'épaule devenait insupportable, elle hurla de rage en tentant de se dégager une nouvelle fois. Carlotti tenait bon. Il la serrait si fort qu'elle peinait à reprendre son souffle. Soudain, Marcus apparut dans son champ de vision, elle voulut lui balancer un coup de pied, mais il l'esquiva et lui décocha une droite. Alix eut l'impression qu'on lui arrachait la tête et ses forces l'abandonnèrent.

Sonnée, elle sentit qu'on l'installait à nouveau sur la chaise et qu'on la ligotait fermement.

— Maintenant que vous êtes enfin calmée, reprit Carlotti d'un ton beaucoup moins chaleureux, vous allez enfin nous dire ce que vous faisiez ce matin dans la salle des serveurs.

— Je ne vois pas de quoi vous parlez, répondit la jeune femme.

— Mauvaise réponse, renchérit le PDG, gifle à l'appui.

Il lui plaqua alors son téléphone sous le nez. Avec désarroi, elle se vit en photo, prise sur le fait alors qu'elle piratait le réseau de l'industriel.

— Ce n'est plus la peine de nier, n'est-ce pas !

— Je n'ai rien à vous dire, déclara la jeune femme.

Marcus vint alors se placer devant elle.

— Vous avez eu l'air surprise de me voir entrer. Pourquoi cela ? On ne s'est jamais rencontré avant, je me trompe ?

— Je m'attendais à ce que Giorgio soit seul, pas à me cogner dans une grosse brute dans votre genre !

Marcus ricana.

— Elle a l'air d'aimer ça ta petite copine, Giorgio.

— Je ne suis pas sa pe…

Une nouvelle gifle vint interrompre sa protestation.

— La ferme ! grogna Marcus d'une voix sourde. Ici, c'est moi qui pose les questions. Qu'est-ce que tu cherchais sur le serveur ?

— Des informations, répondit Alix qui en avait assez qu'on la prenne pour un punching-ball.

— De quel genre ?

Le genre qui vous fera tomber pour trafic de stupéfiants et pour meurtre ! hurlait-elle dans son for intérieur.

— Des plans, des dossiers de fabrication, la liste de vos clients, déclara la jeune femme qui soutenait toujours la thèse de l'espionnage industriel.

— Mauvaise réponse ! hurla Marcus, avec impatience. Vous allez nous dire la vérité, que vous le vouliez ou non. Mets-lui ça !

Il déroula une sorte de pochette qu'il venait de sortir de la poche intérieure de sa veste et tendit un gros élastique à Carlotti.

— Comme ça, c'est vous qui faites le sale boulot, souffla Alix alors que ce dernier relevait sa manche pour lui placer un garrot.

— Ce n'est plus de mon ressort, chère Alix. Vous avez voulu jouer avec les mauvaises personnes.

Son cœur battait la chamade désormais. Qu'allaient-ils lui faire ? Elle était à deux doigts de céder à la panique lorsqu'elle vit Marcus brandir une seringue vers la lumière. Il était en train d'en éjecter les bulles d'air. Qu'allait-il lui injecter ? Un sérum de vérité ou l'un de leurs cocktails de drogue, comme ce pauvre Paolo avait reçu avant de mourir ? Elle se contracta au maximum et essaya de se débattre tant qu'elle pouvait, cependant les liens étaient solidement serrés et ses forces l'avaient abandonnée. Elle sentit l'aiguille trouver son chemin dans l'une de ses veines et l'instant d'après ce fut le néant. Elle perdit connaissance.

37

Siège de l'OCLCO

— Qu'est-ce qu'on fait patron, on les intercepte ? demanda une jeune enquêtrice, tout juste sortie de sa promotion.

Le *muscle car* avait déjà dépassé la ville de Boulogne-sur-Mer. Conformément aux directives qu'il avait transmises aux différentes brigades patrouillant sur le secteur, aucun véhicule ne les avait pris en chasse depuis l'incident de la frontière. Isaac Hill était furieux à cause des lenteurs administratives entre les deux pays qui avaient manqué de leur ôter toute chance de retrouver Alix en vie.

— Quelqu'un sait où se trouve le lieutenant Brady à présent ? répondit-il.

— L'hélico est en approche. Le pilote attend les instructions pour la zone d'atterrissage.

Le commandant jeta un œil sur un écran où était projetée une carte de la région. D'après les indications laissées par le major Deslino, tout portait à croire que les hommes de main de Carlotti se livraient à un trafic de stupéfiants. Sous couvert de déplacements professionnels organisés par le patron verrier, ils en profitaient pour charger le véhicule de toute autre marchandise et la ramenaient en France. Néanmoins, ils ne pouvaient pas la décharger sur le site industriel au risque d'incriminer leur patron. Alors où la stockaient-ils ? Une autre chose l'intriguait : pourquoi diable le chauffeur continuait-il de rouler à cette vitesse ? Il avait déclenché tous les radars depuis la frontière. Y avait-il une raison à pareil empressement alors qu'ils avaient semé la douane depuis belle lurette ?

— J'ai une idée, patron, hasarda la jeune stagiaire.

Hill lui fit signe d'approcher.

— Regardez, fit-elle en déposant sur le bureau le contenu des pièces transmises par Alix, le major cherchait à recouper les données concernant Carlotti et la disparition d'un homme appelé Paolo di Marco.

— On est censé le connaître celui-ci ?

— Di Marco était le pilote numéro un de l'écurie Carlotti.

— Était ?

— C'est l'homme qu'on a retrouvé mort en haut des falaises de Mers-les-Bains. Et il y a autre chose, hésita la jeune femme.

Le commandant lui jeta un regard empressé.

— Eh bien, le major a transmis au lieutenant Brady un avis de contravention pour un grand excès de vitesse qui a eu lieu en Belgique lors du dernier déplacement soi-disant professionnel. Le chauffeur du véhicule n'était autre que Paolo di Marco.

— Ce qui veut dire que le pilote devait faire partie du

trafic, et soit il en savait trop, soit il a merdé et on l'a éliminé. Mais en tout cas une chose est sûre, c'est que tout nous ramène à l'équipe sportive. Quelqu'un peut me dire où est le circuit le plus proche ? demanda Isaac Hill en élevant la voix.

— À Abbeville, patron, répondit un enquêteur en ajustant la carte sur l'écran.

— Hum, à moins d'une heure de route de là où se trouvent nos fuyards. Demandez à une équipe de la BAC[9] d'envoyer une patrouille en reconnaissance. Et que les autres se tiennent prêts à intervenir.

— Et pour la Mustang, qu'est-ce qu'on fait ?

— Interceptez-la et ne perdez pas le Vito, la marchandise est sûrement à l'intérieur. Mais je les veux vivants, tous ! Et en état de témoigner. Et donnez l'info à l'hélico, déclara le commandant avant de s'éloigner.

9 Brigade Anti-Criminalité

38

Jonathan approchait désormais du Touquet. Dans moins d'une heure, il arriverait au stadium. Il réfléchissait à la manière dont il allait pouvoir se débarrasser de Claudio qui roupillait à côté de lui. Pendant ce temps, il en avait profité pour rouler à bonne allure. Même si Alix lui avait menti, il voulait rentrer avant que quelqu'un puisse lui faire du mal. Surtout, il avait besoin de réponses. Est-ce qu'elle s'était servie de lui ? À un moment avait-elle été un peu honnête envers lui ? Il l'espérait et en même temps il se détestait pour avoir craqué sur cette fille. Dès la première rencontre, elle lui avait semblé inaccessible. Elle n'avait fait que l'ignorer au lycée comme toutes les autres et soudain, elle s'était intéressée à lui, Schenker le looser ! Il aurait dû voir venir les ennuis. Mais comme toujours, il tombait dans le panneau.

Toujours à sa réflexion, Jonathan n'avait pas remarqué qu'il perdait de la vitesse.

***

Des ordres furent donnés à la radio. Aussitôt, un groupe de véhicules banalisés se mit à agir de concert. Six voitures accélérèrent de façon à rattraper la Mustang qu'elles suivaient à distance. Plus loin, une herse avait été installée juste avant la prochaine sortie et un camion avait été placé en travers de l'autoroute au cas où le muscle car réussirait à passer au travers du piège. Lorsque tout fut mis en place et les agents mis en sécurité, le commandant Hill autorisa l'interception.

***

Toujours dans ses pensées, Jonathan prit un nid de poule sur la chaussée. Le choc réveilla Claudio qui regarda autour de lui, un peu désorienté.

— On est où là ?

— On vient de passer Le Touquet, répondit Jon.

Claudio jeta un coup d'œil par-dessus son épaule puisque le rétroviseur de son côté avait été arraché lors du choc avec la BMW des patrouilleurs.

— Putain Schenker ! Tu le fais exprès ! aboya-t-il.

— Quoi ?

— Tu ne vois pas qu'on est suivi.

Le pilote regarda dans son rétro avant de lâcher un juron.

— Merde !

— Fonce et sème-les, déclara le copilote avant de se saisir du talkie-walkie.

Patron, on est repéré, faites gaffe !

— OK, dégagez de là, nous, on prend la prochaine sortie.

Jonathan appuya sur l'accélérateur et le moteur de la Mustang rugit à nouveau. Sans peine, il s'éloigna des véhicules qui les pourchassaient.

Il était à pleine vitesse lorsqu'il aperçut les obstacles sur la chaussée. Il écrasa le frein de toutes ses forces, dérapant sur le bitume. Le bolide se mit à glisser en travers de la route, Jonathan essaya de le redresser, mais en vain. Lorsqu'il franchit la herse, les pneus éclatèrent, déséquilibrant le véhicule qui se coucha sur le côté. La tête de Claudio, sous le choc, heurta la vitre latérale dans un bruit sourd et le grand gaillard cessa de gesticuler. Jonathan, toujours cramponné au volant, voyait sa voiture se rapprocher dangereusement du camion qui barrait la route. Il ferma les yeux au moment de l'impact, pensant sa dernière heure venue. Une douleur étourdissante lui parcourut l'échine, mais il ne s'évanouit pas. Lorsqu'il rouvrit les yeux, des policiers en uniforme se trouvaient devant le véhicule, tenant en joue les occupants. Groggy, Jonathan s'extirpa tant bien que mal par la vitre conducteur et se rendit aux autorités. Quand on le retourna pour lui passer les menottes, un agent en civil se dirigeait vers lui.

Jonathan osa un coup d'œil vers la Mustang qui était réduite désormais à l'état d'épave. Cette vision lui fit mal au cœur — lui qui avait toujours rêvé de piloter une voiture mythique — bien plus que la vue du corps de Claudio, allongé sur la chaussée, que l'on venait de recouvrir d'un drap.

— Vous avez eu plus de chance que votre ami, déclara l'agent.

— Ce n'est pas mon ami.

— Que faisiez-vous dans la même voiture alors ?

Puis, sans attendre de réponse, il continua :

— Je suis le lieutenant Willem Brady, grand banditisme. Vous êtes Jonathan Schenker, n'est-ce pas ?

Jon sourcilla.

— Comment connaissez-vous mon nom ?

— Nous avons des connaissances communes, se contenta de répondre l'agent. J'ai besoin de certaines informations et je compte sur vous pour me les fournir au plus vite.

***

Alix

La jeune femme revenait à elle durant de courts instants avant de sombrer à nouveau dans les limbes. Ils l'avaient droguée, elle en était presque certaine. Ses veines étaient en feu et elle ne parvenait pas à garder les yeux ouverts plus de dix secondes. Depuis combien de temps était-elle inconsciente ? Sa tête, lourde et bourdonnante, tombait systématiquement sur sa poitrine à chaque effort qu'elle fournissait pour la redresser. Et ces visions… Au début, elle s'était demandé si c'était ça l'effet de la mort approchant. Elle avait eu l'impression de s'enfoncer dans un tunnel si lumineux qu'il en était aveuglant. Puis, ça avait été le trou noir et ensuite elle l'avait vu... Il était là, s'affairant comme à son habitude quand il se préparait à quitter la maison. Il avait posé sa ceinture et ses papiers sur la petite table en bois de la cuisine, puis s'était préparé un café. Il s'était alors tourné vers elle et lui en avait proposé un, les yeux pétillants de bonheur. Elle avait voulu lui répondre, mais le son resta bloqué dans sa gorge, formant une boule qui devenait de plus en plus désagréable, de plus en plus douloureuse, et qui lui donnait une envie de hurler toute sa peine. « Papa ! » Des larmes se mirent à rouler sur ses joues et la plainte sourde qu'elle laissa échapper alerta ses geôliers.

— Qu'est-ce que tu veux en tirer, elle est complètement dans les vapes ! vociféra la première voix.

— C'est pourtant une faible dose que je lui ai donnée, grogna l'autre.

— Qu'est-ce qu'on fait maintenant ? On ne peut pas rester ici à attendre qu'elle émerge.

— Mets-la à l'arrière de la voiture, on s'en débarrassera sur la route.

39

Jon

Le lieutenant Brady avait entraîné Jonathan à l'écart.

— Je compte sur vous pour coopérer, dit l'agent. Nous ne vous promettons rien, mais en fonction des informations que vous détenez, nous pourrons négocier un allègement de peine auprès du juge.

Jonathan haussa les épaules. Il savait très bien qu'il risquait gros en suivant Corsi et ses gars. Il avait accepté de peur de perdre son garage et au final cela allait quand même se produire. Il eut un rictus de désarroi face à l'ironie du sort.

— Qu'est-ce que vous voulez savoir ?

Willem n'y alla pas par quatre chemins.

— Où est Alix ?

Jon blêmit. Alors c'était l'une des leurs. Il aurait dû s'en douter.

— Je sais que vous êtes proches, reprit Willem, donc si tu sais quelque chose, vas-y, dis-le-moi. Elle est peut-être en danger.

— Ce n'est pas dans mon intérêt de mentir, souffla Jonathan. Avant mon départ, elle était au stadium. Corsi et les autres l'avaient enfermée dans un entrepôt à l'écart du circuit.

Willem fit signe à un policier d'approcher.

— Contactez vos collègues en faction, le major Deslino est retenue prisonnière quelque part sur le site.

— Elle n'y est peut-être plus, renchérit Jonathan. Avant de partir, j'ai pu desserrer la corde qui la retenait sans que les autres me voient faire.

— Nous devons nous en assurer. Dites à vos collègues de m'attendre avant de donner l'assaut.

Willem mit la main sur l'épaule du pilote et le fit se retourner, puis il lui ôta ses menottes.

— J'ose espérer que tu ne tenteras rien d'imbécile.

Jon secoua la tête et Willem l'entraîna vers l'hélicoptère.

— Dis-moi Jonathan, qu'est-ce qu'ils t'ont promis pour qu'un gars dans ton genre, sans antécédent judiciaire, se jette dans la gueule du loup ?

— Qu'est-ce qui vous fait croire ça ?

Willem se retourna.

— Parce que Alix a confiance en toi. Et je me fie à son instinct.

— Elle n'a pas eu suffisamment confiance pour me dire qui elle était, railla le pilote.

— Alors pourquoi roulais-tu si vite au risque de te faire intercepter ?

— Pour la rejoindre, déclara Jonathan.

Willem ne releva pas, laissant le jeune homme prendre la mesure de sa déclaration.

Ils montèrent à bord de l'hélicoptère et Willem tendit un casque à Jonathan avant d'enfiler le sien. Il désigna leur destination sur la carte au pilote qui acquiesça.

— Tu dis qu'elle est retenue dans un entrepôt. Tu peux me montrer où il se trouve exactement ?

Jon opina du chef.

— Il faut contourner l'ensemble du circuit. Le bâtiment est situé à l'opposé des paddocks. Il y a une grande porte sur le côté. Quand j'interviens comme dépanneur sur les courses, c'est ici que je viens chercher le matériel. Il y a une petite pièce de stockage sur le côté, là, indiqua le pilote sur un agrandissement du site que lui présentait l'agent sur une tablette. C'est là qu'ils l'ont mise.

— On va devoir se poser à distance si on veut garder l'effet de surprise, conclut Willem.

— J'ai repéré un aérodrome à proximité, assura le pilote dans son micro. Je peux vous y déposer et vous rejoindrez le circuit à bord d'une de nos voitures.

Willem donna son accord et prévint ses collègues par radio.

L'hélicoptère se posa dans un vrombissement assourdissant. Les deux hommes en descendirent et s'en éloignèrent en courbant l'échine puis ils s'engouffrèrent dans le SUV qui les attendait. Le lieutenant Brady demanda un rapport.

— Nous avons survolé l'ensemble des bâtiments avec notre drone. Soit il n'y a personne, soit leur véhicule a été stationné à l'intérieur d'un des hangars.

— Je penche pour la deuxième solution, déclara Willem. Des nouvelles du Vito ?

— Il a été repéré quittant l'autoroute au niveau de Neufchâtel Hardelot, nous avons perdu sa trace depuis.

— Merde !

— Claudio, le gars qui m'accompagnait dans la Mustang, les a prévenus de votre présence juste avant notre accident, intervint Jonathan. C'est là que Corsi a décidé de sortir de l'autoroute. Mais le point de ralliement c'était bien le stadium.

— Tu en es sûr ?

— Oui, même que Corsi a dit que le patron voudrait s'entretenir avec Alix ce soir…

Willem regarda sa montre.

— Vu l'heure, il doit déjà être là, conclut-il en se saisissant de la radio. Il faut considérer que le major Deslino est encore entre leurs mains, expliqua-t-il à l'ensemble de ses collègues. Je compte sur vous pour mener l'approche la plus discrète possible. Ils sont peut-être armés.

40

Alix

Elle se sentit soulevée par deux bras puissants. La mise en mouvement lui donna la nausée et elle ouvrit brusquement les yeux, croyant qu'elle allait vomir. Son cœur battant la chamade, son corps parcouru de frissons et son hypersalivation, tout lui confirmait les premiers symptômes d'un bad trip. Son regain de lucidité lui permit seulement de constater que les deux hommes s'apprêtaient à déguerpir. Sans doute allait-elle leur servir de monnaie d'échange si leur fuite tournait mal.

Marcus les précédait dans ce qu'elle prit pour un garage. Il ouvrit le coffre d'une voiture et Carlotti la jeta à l'intérieur, ravivant par là même sa douleur à l'épaule.

Ensuite, tout se passa à une vitesse vertigineuse. La porte du hangar vola en éclats tandis qu'une voiture bélier faisait irruption à l'intérieur. S'ensuivirent des cris qu'elle prit pour des injonctions, sans parvenir à en discerner le sens. Soudain, elle fut tirée du coffre par des bras encore plus puissants, et elle sentit qu'on pointait un objet pointu dans son cou. Était-ce une seringue ? Allait-on lui injecter la dose fatale ? Un bref sursaut de vie lui intima l'ordre de se dégager et la jeune femme bascula tout son poids vers l'avant. Tandis qu'elle s'écoulait sur le sol bétonné du garage, une déflagration retentit à ses oreilles et un corps s'abattit sur elle.

Elle comprendrait plus tard que Marcus s'était servi d'elle comme bouclier pour tenter d'échapper à l'assaut des policiers. Sa manœuvre d'évitement avait ouvert une fenêtre de tir à Willem. Marcus avait reçu la balle entre les deux yeux et s'était écroulé sur Alix. Quant à Carlotti, il n'avait pas résisté bien longtemps. Lorsque l'assaut avait eu lieu, il avait profité de la confusion pour tenter de s'échapper par une autre porte, mais s'était retrouvé coincé dans un cul-de-sac et avait été appréhendé sans résistance.

Une fois le corps qui la couvrait au sol dégagé, elle fut à nouveau soulevée de terre. Elle voulut protester, mais un souffle chaud dans ses cheveux l'arrêta.

— Doucement la belle au bois dormant, murmura une voix qu'elle n'eut pas de mal à reconnaître.

— Jon…

— Chut, tu es en sécurité, continua-t-il.

Alix se laissa transporter, avec une infinie douceur cette fois. Jonathan la déposa sur un brancard où elle fut prise en charge par l'équipe de secours.

— Jon…

— Je suis là, la rassura-t-il.

— Est-ce que… Elle s'étrangla.

— Restez calme, mademoiselle, lui demanda un ambulancier, on s'occupe de tout.

Jon saisit la main qu'elle lui tendait et se rapprocha. Le visage d'Alix était si abîmé qu'elle avait du mal à articuler. Il n'avait qu'une envie en cet instant c'était de mettre son poing dans la figure de Carlotti. Quelle lâcheté d'avoir fait subir ça à une femme !

— Est-ce que tu... me pardonneras... un jour ? finit-elle par formuler alors que les ambulanciers s'apprêtaient à l'emmener vers l'hôpital.

Jon ne sut que répondre. Il se contenta de serrer un peu plus fort les doigts qu'il tenait encore dans sa main.

41

Deux jours plus tard

Lorsque Alix se réveilla, l'infirmière lui indiqua qu'elle se trouvait dans le service psychiatrique du CHU d'Amiens.

— Vous avez fait une réaction aux drogues qui vous ont été injectées, expliqua l'infirmière. Cela vous a plongé dans un état de profonde anxiété. On a dû vous donner un sédatif. Quand vous irez mieux, vous passerez une évaluation avec le psychiatre.

— Pardon ? s'étonna la jeune femme.

— C'est le règlement, quiconque fait un bad trip doit passer par notre service pour être évalué par un psychiatre avant d'être relâché dans la nature.

L'infirmière avait été tranchante dans ses propos. Sans doute devait-elle côtoyer bon nombre de junkies affirmant être totalement clean pour sortir plus vite. La jeune femme était convaincue de posséder toute sa tête même si elle se sentait encore groggy et se dit que l'évaluation ne serait qu'une formalité. En revanche, elle était impatiente de savoir comment elle était arrivée dans cet hôpital. Elle avait de vagues souvenirs d'une intervention policière. On aurait dit qu'elle n'avait pas été réellement présente, un peu comme si elle était en train de flotter sur un nuage et qu'elle regardait la scène qui se déroulait au-dessous. C'était une sensation étrange, sans doute liée aux psychotropes qu'on lui avait injectés.

Un peu plus tard, après que l'infirmière eut de nouveau vérifié ses constantes et donné son accord, elle reçut la visite de Willem. Son collègue entra dans la chambre, un large sourire sur les lèvres.

— Ça fait plaisir de te voir en meilleure forme, dit-il. Comment tu te sens ?

— Comme si un convoi m'avait roulé dessus, répondit Alix en grimaçant.

Elle souffrait de multiples contusions suite à sa détention. Sa joue tuméfiée sous les coups de Marcus était douloureuse et on devinait la naissance d'un œil au beurre noir. Quant à son épaule, les multiples chocs lui avaient causé une luxation acromio-claviculaire. Elle portait un bandage de contention ainsi qu'une attelle immobilisatrice et avait ordre de garder son membre au repos durant six semaines.

Willem lui fit ensuite un débriefing de l'intervention. Quand il évoqua la mort de Marcus, la scène lui revint comme un flash. Le coup de feu, leurs deux corps qui s'écroulaient. Elle avait de la chance que Willem fût un excellent tireur. Le fourgon avait été retrouvé abandonné près de Berck sur Mer, totalement vidé de son contenu. On cherchait encore la trace de Gino et de Corsi. Leurs planques habituelles étant sous étroite surveillance, Willem était certain qu'ils ne tarderaient pas à mettre la main dessus.

— Et Carlotti ? s'enquit-elle.

— Ah ! Lui, c'est bien un homme d'affaires ! À peine l'avait-on interpellé qu'il était déjà en négociation avec son avocat. Il est prêt à balancer toute la filière si on lui accorde le statut de témoin assisté.

— Quoi ?! Vous avez refusé j'espère ! s'exclama Alix, qui commençait à s'agiter sur son lit, réveillant ses douleurs.

— T'inquiète ! Le commandant supervise lui-même l'interrogatoire. On ne va pas le lâcher comme ça !

Alix acquiesça.

— Surtout que j'ai des éléments en ma possession qui peuvent aider à le faire tomber pour meurtre.

— Tu parles du pilote, Paolo di Marco ?

— Oui. Lorsqu'ils m'ont chopée aux archives, je venais de trouver des clichés de Marcus, Carlotti et di Marco réunis, expliqua Alix. Merde ! J'espère ne pas avoir perdu la carte dans l'intervention, s'inquiéta-t-elle tandis qu'elle appuyait sur la sonnette pour appeler l'infirmière.

— Qu'y a-t-il, mademoiselle ? demanda-t-elle en entrant dans la chambre.

— Pouvez-vous me dire où ont été mises mes affaires personnelles à mon arrivée ? questionna l'enquêtrice avec empressement. J'avais glissé une carte SD dans mon soutien-gorge, c'est très important, il faut que je la remette à mon collègue.

L'infirmière sourit.

— Toutes vos affaires ont été mises au coffre. Venez avec moi, continua-t-elle en s'adressant à Willem, je vais vous indiquer comment faire la demande de restitution.

— Je reviens plus tard, déclara-t-il. Repose-toi.

Puis il suivit l'infirmière dans le couloir. Alix l'entendit s'esclaffer :

— Une carte planquée dans le soutif, c'est James Bond votre copine !

***

Un petit coup frappé à la porte tira la jeune femme d'un demi-sommeil. Chloé passa la tête dans l'entrebâillement, hésitant à entrer. Alix, le sourire aux lèvres, lui fit signe d'avancer. Elle était heureuse de la voir compte tenu des circonstances.

— J'ai utilisé le numéro que tu m'avais donné, dit-elle d'emblée.

— Tu as bien fait, je crois que sinon je ne serai plus là pour en discuter. Je t'en serai éternellement reconnaissante, la remercia Alix.

— À vrai dire, j'ai hésité à venir aujourd'hui. J'ai voulu t'appeler, mais ton téléphone ne répondait pas.

— Je crois bien que je l'ai perdu, répondit la jeune femme en se souvenant qu'elle ne l'avait pas vu mentionné dans l'inventaire de ses effets personnels.

Chloé cherchait ses mots. Elle resta un moment à regarder par la fenêtre les feuilles qui commençaient à voltiger au-dehors. L'automne ne serait plus très long à s'installer. Alix remarqua sa mine défaite. Son ancienne amie d'ordinaire perfectionniste dans l'image qu'elle renvoyait n'était pas maquillée et elle portait ses longs cheveux blonds attachés en un chignon lâche. Elle n'osait pas poser son regard sur Alix qui se demandait si c'était parce que ses yeux trahissaient la peine qu'elle éprouvait ou si son propre visage était dans un si piteux état.

— Paolo est mort, déclara Chloé dans un souffle.

— Je sais. Je suis navrée.

— Dis-moi que tu as coincé celui qui a fait ça.

Alix hocha la tête.

— Carlotti a été arrêté et l'autre suspect est mort.

Le soulagement illumina temporairement le visage de Chloé. L'enquêtrice aurait dû lui dire que les photos qu'elle avait remises à Willem et que le couteau trouvé dans les poches de Marcus avaient encore besoin d'être analysées avant d'affirmer qu'il était bien le meurtrier de Paolo, mais en cet instant c'était tout ce dont son amie avait besoin.

— Je me suis permis de prévenir Julie que tu étais hospitalisée, annonça Chloé en se levant. J'ai pensé que tu aurais peut-être besoin de réconfort après ce qu'il t'est arrivé.

— Merci, déclara simplement Alix, qui se dit que connaissant Julie et sa curiosité, elle allait devoir expliquer toutes les cachotteries de ces derniers jours. *Je n'ai pas fini d'en entendre parler !*

Chloé prit congé. Avant de quitter la chambre d'hôpital, elle se retourna avec un demi-sourire :

— Quand tu iras mieux, ce serait bien qu'on déjeune ensemble.

— Avec plaisir.

Alix était sincère, elle espérait que leurs animosités seraient maintenant du passé et qu'elles pourraient redevenir amies, presque comme avant.

***

Le soir même, l'infirmière vint lui annoncer qu'elle passerait l'évaluation psychiatrique le lendemain et qu'elle pourrait ensuite sortir.

42

Alix humait l'air frais de cette fin de matinée. Quelques gouttes de pluie s'écrasaient sur son visage tandis qu'elle attendait l'arrivée de Willem. Elle avait demandé à ce qu'on le prévienne de sa sortie imminente. Il lui fallait bien un chauffeur pour rentrer à Guerville et Will était la première personne à qui elle avait pensé. Pour être honnête, non... Elle avait d'abord pensé à Jon, mais comme il n'avait pas donné de nouvelles depuis son hospitalisation, elle pensait qu'il lui en voulait de lui avoir caché la vérité.

La pluie se fit plus vive, obligeant Alix à battre en retraite sous le porche du centre hospitalier, lorsqu'on tendit un parapluie au-dessus de sa tête.

— Bonjour, Alix, tu attends quelqu'un ?

— Jon ! Mais comment ? Qu'est-ce que tu fais là ? demanda-t-elle éberluée.

— Mon petit doigt m'a dit que tu sortais aujourd'hui. Tu n'allais quand même pas rentrer à pied. Allez, viens ! J'ai une surprise pour toi.

Il guida la jeune femme vers le parking où l'attendait sa Fiat 500.

— Ma titine ! Tu as pu la réparer finalement ! s'exclama-t-elle, visiblement heureuse de récupérer sa voiture.

Si elle n'était pas tombée en panne de calculateur, Alix n'aurait pas connu pareille mésaventure, se dit-elle avant de se morigéner. Après tout, n'avait-elle pas permis le démantèlement du gang du Marcus ? N'avait-elle pas apprécié les instants passés avec Jonathan ? Cela valait bien quelques sacrifices non ?

Jonathan l'invita à prendre place sur le siège passager, puis se glissa derrière le volant.

— Je pense que tu voudras récupérer ça aussi, souffla-t-il en lui tendant son téléphone portable. Il est tombé de ta poche lorsque je t'ai sortie du hangar.

— Merci, murmura-t-elle alors que son esprit la renvoyait dans les vagues souvenirs qu'elle conservait de ce jour-là.

Il était bien présent, ce n'avait donc pas été un rêve. Et pourtant il lui semblait qu'une distance s'était creusée entre eux. Peut-être était-ce le reflet de sa culpabilité...

— Si tu es là, est-ce que ça veut dire que tu ne m'en veux pas ? demanda-t-elle.

Jonathan marqua une pause avant de démarrer la voiture et de s'orienter vers la sortie.

— Je t'en veux de m'avoir caché la vérité, de t'être servi de moi et d'avoir cru que je faisais partie de leur gang.

OK, il est en colère...

— Techniquement, tu en faisais partie, fit-elle remarquer.

— Tu ne m'as pas posé de questions. Tu m'as d'emblée considéré comme suspect. Tu aurais pu me demander.

— Tu m'aurais dit la vérité ?

Jon ne répondit pas.

— Comment aurais-je pu risquer de compromettre ma mission en te dévoilant mes recherches et mes doutes ? C'est comme ça, c'est mon métier. Je mène mes enquêtes dans l'ombre.

— Mais bon sang ! s'énerva Jon en frappant sur le volant. Je n'étais quand même pas un inconnu, on se connaissait depuis le lycée.

— Tout le monde change… Même mes anciennes amies ignorent ce que je suis devenue.

— Ce n'est pas une excuse…

— Je sais, soupira Alix.

— Je ne comprends pas pourquoi tu fais ça.

— Quoi ?

— Cette vie en solitaire. Tu as fait le choix de te couper de tes amis. Ça t'apporte quoi de vivre comme ça ?

Alix soupira.

— Ça m'évite de souffrir…

Jon tourna la tête dans sa direction. Alix avait blêmi. Des

larmes perlaient le long de ses cils, qu'elle essayait de dissimuler. Derrière son apparente impassibilité, sa carapace s'était fissurée.

— C'est triste je trouve, continua Jon. Parfois ça fait du bien d'accepter que quelqu'un prenne soin de soi.

Elle faillit lui répondre « comme Carlotti a pris soin de tes affaires », mais elle se ravisa. Willem lui avait expliqué le dilemme qui l'avait convaincu d'accepter l'argent du magnat industriel. Malgré ses doutes, elle avait tout de même pris le risque de le couvrir. Mais surtout, elle n'était pas censée tomber sous le charme d'un potentiel suspect. Et ça, elle n'était pas prête à le lui avouer.

— Je t'ai laissé le bénéfice du doute, déclara Alix après un moment. Je voulais croire en ton innocence.

— Je sais, Willem me l'a dit, répondit Jon en lui saisissant la main. Maintenant, j'aimerais que tu me promettes une chose.

— Laquelle ?

— Plus de mystère entre nous, maintenant que je connais ton secret.

Il plongea son regard dans celui d'Alix qui se sentit fondre sur le siège de la Fiat 500. Avec lui, toutes ses défenses tombaient en quelques secondes.

43

Ils étaient à l'entrée du village, presque arrivés à destination lorsque soudain le pare-brise vola en éclats, projetant des morceaux de verre dans tout l'habitacle. Une première balle ricocha contre le rétroviseur, la seconde atteignit Jonathan à l'épaule qui hurla de douleur. La voiture fit une embardée et termina sa course contre le mur d'enceinte d'une ferme.

Alix sortit du véhicule et se mit à couvert. Elle enjoignit Jonathan à la rejoindre.

— Ça va ? lui demanda-t-elle lorsqu'il parvint à se glisser par la portière passager.

— On fait aller… C'est quoi ça ?

— Je parierai sur Corsi qui cherche à se venger… Passe-moi ton téléphone, le mien est déchargé depuis l'autre jour.

Jonathan s'exécuta et Alix appela Willem et lui résuma la situation.

— Nous sommes à l'entrée du village, on vient de se faire tirer dessus. Jon est blessé à l'épaule, mais peut marcher.

— Mettez-vous à l'abri, j'envoie du renfort. Et n'essaie pas de les neutraliser toute seule, l'enjoignit Will.

Alix jeta un regard alentour. Ils ne pouvaient pas rester cachés derrière la Fiat 500 éternellement. Ils offraient une cible de choix et Jonathan devait faire soigner sa blessure. Évaluant rapidement la situation, elle lui indiqua le bâtiment le plus proche.

— À trois, on y va. Un, deux…

Trois… Ils se mirent à courir en rasant le mur pour éviter les tirs et trouvèrent refuge dans une grange. Maintenant, il leur fallait tenir jusqu'à l'arrivée des renforts. Jonathan s'affala contre une botte de paille, le visage ruisselant de sueur. Alix examina sa blessure à travers la manche déchirée. Elle vérifia qu'il pouvait encore articuler les doigts.

— Pas de fracture, c'est déjà ça, conclut-elle avant de lui ôter sa ceinture.

— Ce n'est pas le moment pour ça, railla-t-il.

Alix sourit, mais ne répondit pas. Elle se contenta de lui faire un garrot pour stopper l'hémorragie.

— Ne bouge pas de là.

— Où vas-tu ? s'enquit Jonathan.

— Regarder si je vois nos assaillants.

— Fais attention à toi.

Alix fit le tour de la grange pour repérer les différentes entrées possibles. La jeune femme se souvint être déjà venue dans cette ferme quand elle était petite. Son père était ami avec l'ancien propriétaire et il l'emmenait voir les petits veaux lorsque les vêlages avaient eu lieu. Chassant cette pensée, elle verrouilla la porte de l'intérieur en abaissant le battant en bois. Son bras en écharpe l'handicapant plus qu'autre chose, elle avait fini par ôter l'attelle. Si elle ne forçait pas, le strapping resterait en place, pensa-t-elle. Il ne restait plus qu'une petite porte à l'arrière du bâtiment, par laquelle elle sortit.

D'instinct, elle se saisit de son arme de secours en remerciant mentalement Willem de la lui avoir apportée à l'hôpital. « Avec Corsi qui traîne dans la nature, je n'aime pas te savoir sans défense, lui avait-il dit ». Elle ôta le cran de sûreté et, longeant la bâtisse, elle scrutait les environs. Devant elle se trouvait un chariot élévateur chargé de ballots de paille qui attendaient d'être rentrés pour le stockage. La maison des propriétaires se situait à une trentaine de mètres de là, mais n'offrait aucune possibilité pour Alix de l'atteindre sans devenir une cible de choix.

Des bruits de pas se firent entendre dans les gravillons de l'allée principale. Alix se tapit derrière un abreuvoir et releva la tête juste assez pour voir un homme s'avancer. Corsi ! Il faisait signe au second de faire le tour du bâtiment. Ils allaient essayer de les prendre à revers.

Merde ! Il fallait qu'elle les empêche d'entrer. Pour cela, elle devait faire diversion.

— Lâche ton arme, Corsi ! cria-t-elle. Dans peu de temps, le quartier sera bouclé. Et dis à Gino de se rendre tant qu'il est encore temps !

En procédant de la sorte, elle savait qu'elle grillait sa position, mais elle avertissait en même temps Jonathan de la présence des deux individus.

Mordant à l'hameçon, Corsi se précipita dans sa direction. Alix sauta sur le chariot élévateur et actionna le démarreur. Avec un bruit assourdissant, l'appareil se mit en branle. Corsi déchargea son arme en direction du monstre pesamment chargé, mais les projectiles furent stoppés par la paille compressée. À la première détonation, Alix s'était accroupie dans la cabine, accrochant au passage la manette de commande de la fourche qui vacilla, déversant son contenu sur Corsi qui fut enseveli.

Les secours arrivèrent, toutes sirènes hurlantes. Ça faisait deux fois en quelques jours qu'on venait à son aide. Elle se fustigea devant autant de faiblesse. Ce n'était pas comme ça qu'on allait lui octroyer d'autres missions sur le terrain. Les policiers menottèrent Gino, que Jon avait réussi à assommer à l'aide d'une pelle et qui était toujours à terre, puis ils l'entraînèrent vers leurs véhicules. Quand ils lui demandèrent où se trouvait le deuxième assaillant, Alix désigna les ballots renversés.

— En somme, tu t'es très bien débrouillée toute seule, déclara Willem lorsqu'il la rejoignit.

— Non pas toute seule, corrigea Alix en désignant Jonathan qui était assis dans l'ambulance. Je n'aurais rien pu faire sans lui.

44

Alix s'assit dans la chambre de Jonathan. Il dormait paisiblement. La balle n'avait pas causé trop de lésions, car elle n'avait fait que traverser le muscle. Il serait vite rétabli, lui avait expliqué le médecin qu'elle venait de rencontrer dans le couloir. Néanmoins, elle s'en voulait qu'il ait été blessé alors que c'était elle la cible.

Elle regarda l'heure sur son téléphone portable. Elle ne pouvait pas s'attarder, elle avait un rendez-vous. Devait-elle le réveiller ? Pour lui dire quoi ? Qu'elle allait partir pour un débriefing avec son patron et qu'elle ne savait pas si elle reviendrait un jour. Elle déposa le paquet qu'elle avait apporté sur la table de chevet, griffonna à la hâte un mot sur une carte de visite et se dirigea vers la porte.

— Tu comptes partir sans dire au revoir ?

— Jon… je t'ai réveillé ?

Il secoua la tête.

— Je somnolais à peine. Viens, approche-toi.

— Je suis désolée, reprit la jeune femme. Je ne peux pas rester, on m'attend.

— Je vais te revoir ?

Alix hésita, finalement elle revint vers le lit.

— Je ne sais pas, répondit-elle.

— Mais tu en as envie ?

Le silence envahit la pièce.

— On a dit plus de mensonge, reprit Jon, qui s'était redressé.

— Oui, c'est vrai que j'en ai envie. Mais tu sais comme moi que mon métier est dangereux, lança-t-elle dans un souffle.

— J'ai pu le remarquer, railla-t-il. Mais Alix... j'aimerais que tu considères le fait que je suis prêt à t'attendre.

La jeune femme qui ne s'attendait pas à cette déclaration laissa échapper un sanglot. Jon lui saisit la main précipitamment, il la sentait prête à se sauver.

— Ne me fuis pas Alix, ne fuis pas ta vie.

— Je ne peux rien te promettre, Jon. Je ne veux pas que tu souffres par ma faute. Pas comme Nicolas, qui est malheureux d'avoir attendu après la mauvaise personne. Tu ferais mieux de me laisser partir.

— Soit, déclara Jon, les yeux brillants. Mais si tu changes d'avis, si tu as besoin de prendre l'air, ou si tu veux poser définitivement tes valises, je serai là. Et si tu pars, là, maintenant, j'aimerais au moins que tu me dises au revoir.

Alix essuya ses larmes et se pencha sur Jonathan. Elle déposa sur ses lèvres un baiser avec toute l'infinie tendresse qu'elle fut capable de lui donner en cet instant.

— À bientôt, murmura-t-il quand elle se redressa, car en cet instant il était certain qu'il allait la revoir.

Épilogue

Alix descendit sur le quai de la gare. L'hiver était arrivé plus vite que prévu, l'obligeant à resserrer les pans de son manteau autour de sa taille. Le taxi qu'elle avait commandé l'attendait devant la grille. Elle s'y engouffra précipitamment et donna l'adresse au chauffeur.

Elle descendit devant l'agence Sheridan & Cie. L'hôtesse d'accueil qui l'attendait la fit pénétrer dans le bureau de la directrice.

— Madame Deslino, comment allez-vous ? demanda Aude Sheridan, le sourire aux lèvres. Je vous avais bien dit qu'on ne mettrait pas longtemps avant de trouver un acheteur.

— Justement, commença Alix, j'ai bien réfléchi...

***

Une heure plus tard, le taxi déposa sa passagère sous l'enseigne Schenker & Fils. Alix se dirigea vers la porte sectionnelle qui était à demi baissée pour protéger l'atelier du vent piquant de cette mi-décembre. Elle fourra ses mains moites dans les poches de son manteau, espérant étouffer le stress qui montait en elle.

Elle repéra le mécanicien affairé à l'aménagement d'un

van.

— Bonjour ! lança-t-elle d'une voix suffisamment forte pour couvrir le bruit de la radio qui scandait les publicités de Noël approchant.

Jonathan passa la tête par la porte latérale, il avait du mal à dissimuler le large sourire qui naissait sur son visage lorsqu'il en descendit.

— Major Deslino, la salua-t-il en se mettant au garde-à-vous.

— Lieutenant…

— Lieutenant ? répéta Jon.

— Oui, j'ai été promue.

— Les félicitations sont de rigueur.

— Merci !

— Viens boire un café, continua-t-il en se dirigeant vers le bureau. Tu vas me raconter ça.

Alix le suivit. Elle était heureuse de le voir. Malgré le froid mordant, sa seule présence suffisait à réchauffer son cœur. Lorsqu'elle pénétra dans le bureau, elle la vit immédiatement. La maquette de la Mustang Cobra Jet qu'elle lui avait apportée à l'hôpital trônait fièrement sur une étagère, juste à côté des coupes qu'il avait gagnées lors des dernières courses. Car Jon avait continué de piloter. Grâce à l'intervention d'Alix et l'appui de Willem, il avait pu échapper aux poursuites judiciaires et il avait eu la chance d'être contacté par une écurie concurrente de la team Carlotti désireuse de remonter au classement général. Elle l'avait recruté pour terminer la saison. Et il excellait.

— Tu arrives à gérer le garage malgré les entraînements ? demanda-t-elle.

— Tu sais bien que je ne le lâcherai pour rien au monde. Et puis, j'ai de nouveaux clients, répliqua-t-il en pointant du doigt le pont sur lequel il avait installé un véhicule d'intervention.

Alix éclata de rire.

— Sponsorisé par la BRI !

— Je ne vais pas refuser le client, répliqua-t-il en se demandant s'ils allaient échanger longtemps des banalités.

Alix réchauffait ses mains autour de la tasse fumante. Elle semblait pensive tout à coup.

— Tu as oublié quelque chose la dernière fois, fit Jon en désignant la Fiat 500 entreposée dans un coin du garage.

— Je sais. Je comptais revenir la chercher avant, mais… tu sais… le boulot.

— Tu es sur une nouvelle affaire ?

— Pas vraiment, Carlotti a balancé pas mal d'infos lors des interrogatoires. Alors on remonte la filière.

— Oh ! C'est intéressant, il faudra que tu me racontes.

— Tu sais bien que je ne peux pas.

— On avait dit plus de secrets.

— Je ne te cache rien, juste je ne peux pas dévoiler des éléments de l'enquête.

— OK, abdiqua-t-il. Ta voiture est prête, tu peux repartir avec.

Jonathan posa les clés sur le bureau. Le cœur d'Alix manqua un battement dans sa poitrine. À quoi devait-elle s'attendre ? À ce qu'il l'accueille les bras ouverts ? Ça faisait presque trois mois que sa dernière affaire s'était achevée et qu'elle était repartie à Paris. Trois mois au cours desquels elle n'avait donné que peu de nouvelles. C'était normal qu'il lui en veuille.

— Tu sais, dit Alix en se levant. Quand je suis arrivée tout à l'heure, je pensais que tu étais content de me voir. Mais là, je me le demande.

Jon se leva à son tour.

— Qu'est-ce que je suis censé faire ? demanda-t-il. Te supplier de rester alors que c'est la dernière chose que tu as envie de faire apparemment.

Alix encaissa les griefs. Elle s'en doutait.

— Si tel avait été le cas, je ne serais pas là. J'aurais aussi bien pu faire remorquer ma voiture.

— Alors pourquoi es-tu venue ? s'enquit Jon, de plus en plus perdu.

— Eh bien, l'enquête en cours va prendre pas mal de

temps et nous obligera à faire de nombreux allers-retours entre le bureau et nos services en région. Aussi j'ai proposé à mon supérieur de superviser les recherches ici, déclara-t-elle avec le sourire.

— Et il a accepté ?

— Oui ! Et tu vas devoir me supporter dans les parages pendant quelque temps. Si tu es d'accord bien sûr.

Cette fois, le sourire illumina le visage de Jon pour de bon. Il prit la jeune femme dans ses bras, la souleva et la fit tournoyer dans la pièce. Alix se mit à rire à gorge déployée. Une fois qu'il l'eut déposée, il lui demanda soudainement soucieux :

— Où est-ce que tu vas vivre puisque tu as mis la maison de ton père en vente ?

— Justement, répondit-elle en reprenant son souffle, je sors de l'agence immobilière. J'ai annulé la vente ! Je garde ma maison.

Les yeux de Jon pétillaient de bonheur. Il ouvrit les bras et Alix s'y engouffra.

— Tu crois que tu arriveras à me supporter ? demanda-t-elle d'une petite voix.

— J'en suis certain.

Pour la première fois depuis bien longtemps, Alix avait envie de croire au bonheur. Elle savait qu'avec Jonathan à ses côtés, elle touchait enfin au but. Ils s'embrassèrent avec tendresse, puis échangèrent un long regard empli de promesses et d'espoir envers l'avenir.

Remerciements

Ainsi s'achève mon septième roman. C'est toujours un bonheur immense de mettre le mot fin sur un manuscrit. Mais c'est aussi le début d'une période quelque peu angoissante : la rencontre d'un texte avec son public.

Je tiens donc à vous remercier, vous lecteurs, qui tenez cet ouvrage entre vos mains. Certains d'entre vous attendaient Fast Love : Dangereuse Séduction avec impatience, ça y est vos souhaits sont exaucés :-)

Merci aux Éditions Plumes de Marmotte, à Joëlle et à tous ceux qui m'ont aidée et soutenue durant cette période d'écriture.

À très vite, je l'espère pour un huitième roman !

Aloïsia D.

Du même auteur*

Sous son Emprise, l'intégrale

(comprenant : La Proie, t.1 et Délivrance, t.2)

Poussière de Lune

Morpheus, t.1 : La Prophétie des Songes

Morpheus, t.2 : Le Réveil de Morphée

La Mélodie des Coeurs

* *Ces ouvrages ont été écrits sous le nom de plume Aloïsia Nidhead*

Vous avez apprécié

FAST LOVE : DANGEREUSE SÉDUCTION

Restez connectés sur notre site :

www.plumesdemarmotte.com

et suivez notre actualité, découvrez les nouvelles parutions et plus encore !

COLLECTIONS :

ULYSSE (Imaginaire, Fantasy, Mythologie, Dystopie…)

ÉCLIPSE (Young adult, Romance soft, Réalisme, Bit Lit…)

ADONIS (Romance contemporaine, Historique, New romance, Feel good, Chick-lit…)

HYPNOS (Thriller, Suspense, Roman noir, Espionnage, Cosy mystery…)

Tous les romans sont disponibles en librairie et sur les sites de vente en ligne.